活版印刷

雲の日記帳

ほしおさなえ

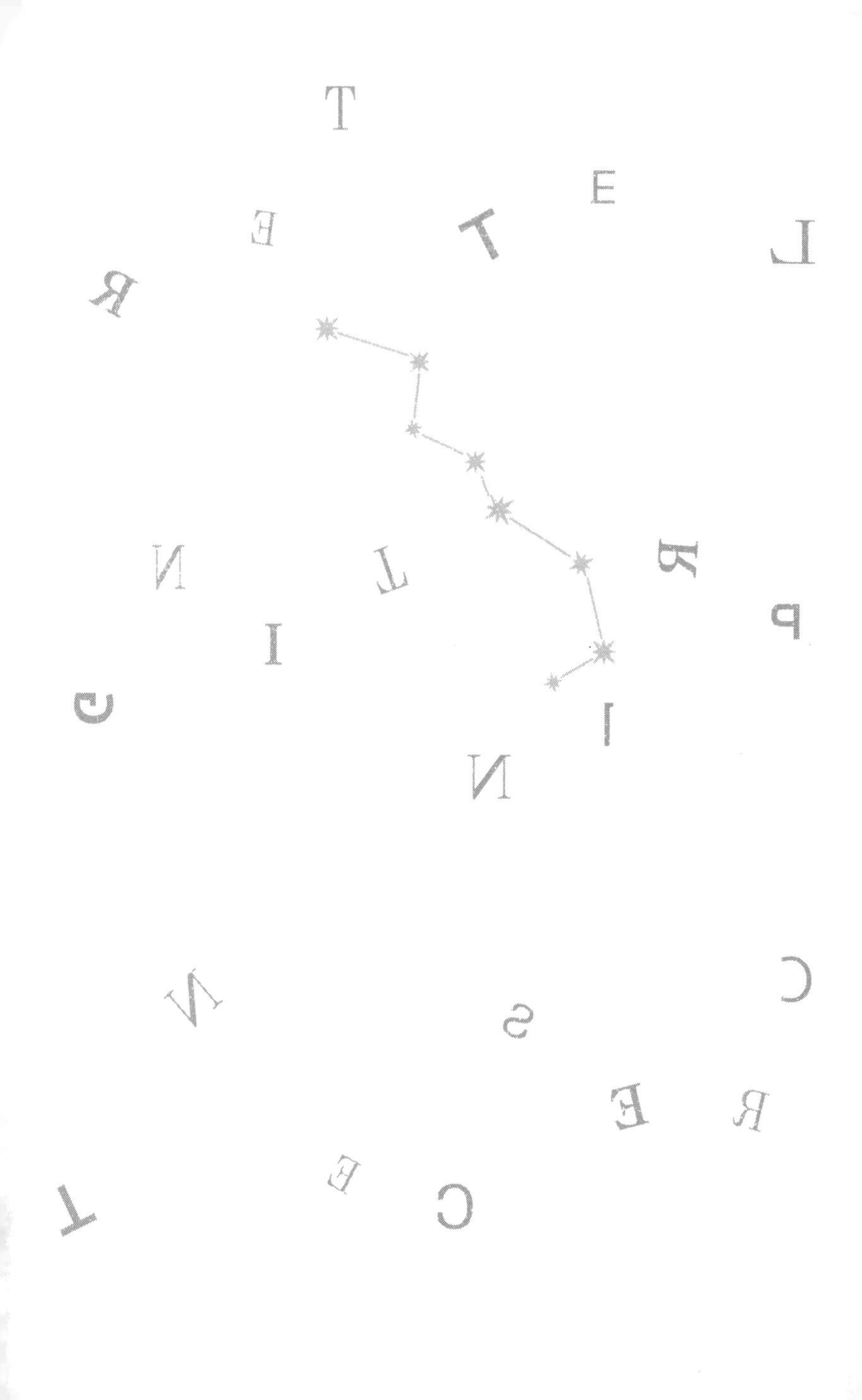

Contents

扉写真撮影　帆刈一哉
扉写真撮影協力　凸版印刷株式会社　印刷博物館
つるぎ堂（緑青社）　中野活版印刷店

星をつなぐ線

1

東京駅を出ると、誘導の声が響いていた。

「あっちみたいですね」

村岡さんが指す方を見ると、人々が列になって横断歩道を渡っている。言われるまま、俺も横断歩道を渡った。

イルミネーションって、こんなにがんばらないと見られないものなのか。少し面食らいながら、列のうしろについてゆっくりと歩く。

村岡さんの誘いで、イルミネーションを見に東京駅までやってきた。ほんとうはほかにも三人、共通の知人が来るはずだったのだが、ふたりはインフルエンザ、もうひとりは仕事の都合で急遽来られなくなり、村岡さんとふたりになった。

今日から数日間限定で開催される丸の内のイルミネーション。駅や電車の広告、新聞などで大きく宣伝されていたからだろう、かなりの人出だ。今日がクリスマスイブということもあるかもしれない。

イブに街に出るなんて、何年ぶりだろう。どこに行っても人がいっぱい、予約しないと食事もできない、外に出たって疲れるだけ、仕事が立てこんでいる……。そんなこんなで、ここ数年クリスマスとは無縁の年末を過ごしてきた。

「うわあ、きれいですよ」

村岡さんのきらきらした声が聞こえた。前方に光るものが浮かんでいる。低木が色とりどりのイルミネーションで覆われ、光の花が咲いているようだった。

「へえ。こんなイルミネーションもあるのか」

イルミネーションといえば、木に電飾が施されている、くらいのイメージしかなかったが、そういうのとは全然ちがった。光る巨大なバルーンがいくつも浮かび、幻想の世界のようだ。

「めずらしいですよね。見られてよかったあ」

村岡さんは満面の笑みを浮かべる。寒い日だったが、まわりに人がいるせいか、気持ちはあたたかい。これもクリスマスイブの力なんだろうか。

東京駅近辺では食事は無理かと思ったが、駅地下のお好み焼きの店にはわりと簡単にはいることができた。イタリアンやチキンを食べられるような店には列ができていたが、お好み焼きはイブっぽくないからだろう。

村岡さんはそこにはあまりこだわりがないらしい。イルミネーションの感想をうれしそうに話しながら、モダン焼きを食べていた。

俺は本町印刷という印刷会社に勤めている。盛岡に本社がある会社だが、入社以来ずっと埼玉支社勤務。営業部所属で、二年前から村岡さんの勤めるプラネタリウム「星空館」の仕事を担当するようになった。

村岡さんは館の広報担当で、印刷関連業務を受け持っている。プラネタリウムの夏の企画関係の仕事をするうち、村岡さんを含むプラネタリウムのスタッフと仲よくなり、ときどき食事をしたりするようになった。

俺は村岡さんに惹かれていた。仕事での対応がしっかりしていて、メールの文面も過不足がない。呑みこみが速く、こちらの意図を正確に読み取ってくれる。文頭や文末に添えられた挨拶も感じがよく、最初から好感を持っていた。

村岡さんは川越生まれの川越育ちで、俺が東武東上線沿線に住んでいることを知ると、川越まつりに誘ってくれた。夜の川越の街にはなんともいえない風情があり、案内する村岡さんも、いつもよりのびのびとしていた。

村岡さんのことをはっきりと意識したのはそのときだと思う。でも、想いはまだ伝えていない。ほんとうならふたりきりの今日こそ絶好のチャンスだったのだろう。

しかもクリスマスイブ。だが、決心がつかなかった。

理由はぼんやりわかっている。俺には大学時代に付き合っていた女性がいた。当時はなんとなくこの人と結婚するのかなあ、と思っていたが、見事にふられてしまった。その後はだれとも付き合う気になれず、仕事一筋だったのだ。

俺は盛岡の出身で、大学も盛岡だった。彼女、響子も同じ大学にいた。学芸員志望で、そのまま大学院に進学した。俺は本町印刷に就職したが、勤務地は埼玉。響子が大学院に通っているあいだは遠距離恋愛が続いた。

だが、転機が訪れた。響子が九州の美術館に採用されたのだ。響子はどうしても学芸員になりたい、だからこのチャンスは捨てられない、と言った。学芸員が狭き門であることは俺も知っていた。教授から紹介されたこのポストを受けなかったら、そうそう次がないことも。

響子がその美術館に行けば、またはなればなれだ。東京近郊の美術館であればなんの問題もないし、盛岡近辺なら俺が転属願いを出すという手もある。だが九州ではどうにもならない。

俺の方が仕事を辞めて響子についていく、という選択肢もあった。だが、それは選べなかった。本町印刷での仕事にも慣れ、少しずつ大きな仕事をまかされるよう

になっていたし、まったく見知らぬ土地に行って、いま以上の職につける自信もない。どうしたらいいかわからなかった。

　別れを切り出したのは響子の方だった。突然電話がかかってきて、クリスマスイブに東京に行くからいっしょに食事をしよう、自分が泊まるホテルのレストランを予約したから、と言われた。

　夜景の見えるレストランにやってきた響子は、それまでとどこかちがった。すっきりとした表情で、もともと自分の信じたことは曲げない強い人ではあったのだが、より一層強さを増したように思えた。

　これはなにかあるな、と漠然と予感はあった。食事の最中、俺はふつうに仕事の話をし、響子はこれからはいる美術館を見に行ったときの話をした。それから、大学の共通の友人の近況を話して、冬になった盛岡の街の話をした。

　そして食事の最後に、響子は、別れましょう、と言った。さほど驚かなかった。ただ呆然と響子を見つめた。

――わたしは絶対にあの美術館に就職する。何年かキャリアを積んだら転職するかもしれない。そのとき東京の美術館にはいれたら、とは思うけど、海外にも行きたい。あなたもいまの仕事を辞める気はない。だったら、おたがい、中途半端に相手を縛るのはよくないでしょう。

うつくしい夜景を背に、響子はまっすぐな目で言った。まったく論理的で、その通りだと思った。

だが、ナイフとフォークを持つ手はかたかたとふるえていた。大学時代、彼女といっしょに歩いた盛岡の街並みがぐるぐると頭のなかをまわり、それが消えてなくなるのだ、と思った瞬間、胸が詰まってうつむいた。

――あなたはなかなか決断できない人だから、わたしが決めたの。ここで決めないと、どんどんずるずると時間が経ってしまうでしょう? ごめんね。わたし、そういうのが嫌いなの。

響子はきっぱりと言った。

なかなか決断できない人だから。

その言葉が胸に刺さった。たしかにそうだった。デートや旅行の行き先も、いつだって響子が決めた。俺にも案がないわけではない。だが響子がそれで喜ぶだろうか、満足するだろうか、と考えると、なかなか言い出せない。

――それでいい?

響子がじっと俺を見る。

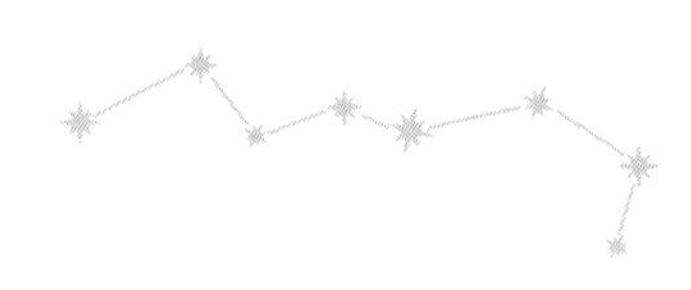

——いいもなにも、君はそうしたいんだろう？

俺が答えると、響子は笑った。

——最後まで、自分の意見はなしなんだね。じゃあ、そうしよう。

響子はさびしそうに言った。

ああ、まちがえたんだな、と俺は悟った。

響子なりに、俺の答えに賭けていたのかもしれない。俺がもう少し自分の意思をはっきり言っていれば、ちがう結論になったのかもしれない。自己主張がないというのは、やさしいようでいて、なにも責任を持っていない、ということだ。

だが、俺はなにも言わなかった。もう無理だということは俺も知っていたから。いま結論を先延ばしにしても、やがては別れることになる。そうなったらまたどちらかが言い出さなければならなくなり、それはきっとまた彼女の役目になる。だから、いま終わりにしよう、と思った。

——わかった。

それだけ言った。

響子とはそれきりだった。数日後、年末年始の休暇で盛岡に戻った。これまでは響子と初詣に行っていたが、その年はそれもない。親戚の家に挨拶回りに行くくらいで寝正月を決めこみ、東京に戻る間際にいちおうひとりで神社に行って、響子のこれからの人生がうまくいくように願った。

帰りの新幹線で北上川を見ながら、自分の人生は、こんなふうに車窓から外をながめるようなものなのかもしれないなあ、と思った。

人間には、主役になってスポットライトを浴びる人もいれば、脇役として活躍する人もいる。裏で役者を操る演出家もいるし、技術で舞台を支える舞台美術家や音響に照明もいる。

響子は主役タイプだろう。俺はそのどれでもない。人生という舞台にあがるわけでも、舞台を操るわけでもなく、ただ外からながめている。つまり観客だ。大事なことは舞台の上で起こっていて、俺は下の椅子からながめているだけ。

響子とは、きっと最初から人生に対する姿勢がちがってたんだ。

俺はまだあのときの打撃から抜け切れていない。響子が口にした、最後まで自分の意見はなしなんだね、という言葉は、いまも胸に刺さったままだ。

村岡さんは響子とはタイプがちがう。だからうまくいくのかもしれない。だが、踏み出せない。彼女ではなく、俺自身の問題だ。

もう三十代も半ば。村岡さんは俺より五歳下だが、付き合うことになれば、結婚

のことを考えなければならないだろう。家庭を持つということは、自分以外の人の人生に責任を持つということだ。
――最後まで、自分の意見はなしなんだね。
そう言われた俺が、家庭を持つことなんてできるのか。どうしても自信が持てず、考えるのを先送りにしてしまうのだった。

2

年が明けて一週間ほど経ったころ、村岡さんから会社に電話があった。

村岡さんの勤める星空館は一九七一年にできた私立のプラネタリウムだ。今年行われる大きなリニューアルのために倉庫を整理していたところ、創業当時、館で作製し販売していた星座早見盤の版が出てきたのだと言う。

「版ですか？」

一九七〇年代ということは、まだ活版印刷の時代だ。版というのはおそらく凸版のことだろう。活版印刷で絵や図を刷るときには凸版というものを使う。インキをつける部分が出っ張っている大きなハンコのようなものだ。

「大きなハンコみたいな……」

村岡さんが言った。やはり凸版のことだな、と思った。

オフセットが主流になる前は、線画でも写真でも、写真製版という技法で凸版を作っていたはずだ。

絵や図からネガフィルムを作製し、亜鉛版などに焼きつける。感光したところが硬化し、薬品で腐食させると、残って出っ張る。そんな仕組みだと記憶していた。

「銀色の金属ですよね？」

「いえ。銀色ではないですし、金属じゃないと思います」

「金属じゃない？」

村岡さんの答えに少し戸惑った。いまは樹脂凸版という透明な版を使うところが多いようだが、当時は金属しかなかったはずだ。

「茶色っぽい、っていうか……木……かな」

村岡さんは自信のなさそうな口調で言う。

「木？」

意外な言葉に驚いた。

「ええ。でもつるっとしてて木目もないから、木じゃないかも……」

「じゃあ、石？」

石版？　研修で石の版も見た。だがそれはリトグラフという平版の一種だった。

「石ではないと思いますけど……」

電話で話しているだけではよくわからない。

「でも、とにかくすごく精巧なもので……。すごいんです。手で彫ったみたいなんですけど、そう思えないくらい細かいんです」

手で彫った？　ということは木版の一種だろうか。

そもそも、なぜ版がプラネタリウムにあるのだろう。版はふつう印刷所が持っているものだ。印刷が終わったあと、依頼主に版を渡す、というのはあまり聞いたことがない。

「館にはその星座早見盤の現物はないんですけど、写真が残ってるんです。当時の人気商品で、たしかにレトロでかっこいい。それで、部長の武井も、館のリニューアルのときにこれを復刻して出せたら、って言っていて……」

「復刻版を……？」

「そのときは、印刷は本町印刷さんにお願いしたいんですけど……」

となれば、仕事の話ということだ。

「見てみないとなんとも言えませんが、版は全部そろってるんですか？」

「全部じゃないみたいです。見つかったのは、なかの星座盤の版だけ」

「なるほど……。それ以外の部分は文字？」

「そうですね。写真を見るかぎり文字だけです。表側には『星座早見盤』っていう大きな文字と『星空館』の名前にまわりの目盛り……。うしろの台紙の裏に簡単な使い方の文章が載ってますけど、これも文字だけ」

「なるほど……」

「できるでしょうか」

文字の部分は写真を見ながら似た感じに組むことはできるかもしれないが、凸版の図版をどうするか。凸版を印刷する機械は東京支社にはない。盛岡の本社なら残っているかもしれないが、動いているかわからない。

「うーん、それをそのまま使って印刷できるかどうかはわかりませんが……方法はあるかもしれません。いずれにしても、まずは見てみないと……」

俺は時計を見た。午後三時から取引先で打ち合わせをすることになっている。プラネタリウムとは同じ方向だし、そのあとはなにも予定がないから、打ち合わせが早く終われば帰りに寄れるかもしれない。

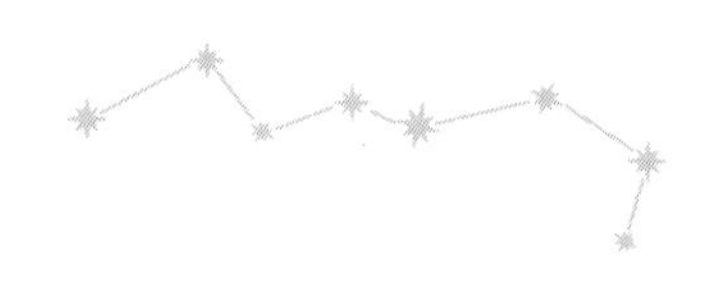

「うまくいけば夕方そっちに行けると思いますが、どうでしょう?」
「ほんとですか? 七時ごろまでは武井もわたしもいますので、よろしくお願いします」
「わかりました。時間がわかったら連絡します」
そう言って電話を切った。

打ち合わせはスムーズに進み、五時前に終わった。会社にはプラネタリウムに寄ると断ってきている。村岡さんに連絡し、立ち寄ることにした。

プラネタリウムはリニューアルに向けて秋から休館中で、あちらこちらで工事を行っていた。一九九〇年代に一度改修工事をしているらしいが、設備は古びてきていた。今回は建物も全面改装、投影機も新しくするらしい。

受付のインタフォンを押すと、バックヤードからすぐに村岡さんが出てきた。部長の武井さんもいっしょにいる。

「すみません、長田さん、急にお呼びたてしてしまって」

武井さんが頭を下げた。館でいちばんの古参社員で、星空館の歴史とともに歩んできたような人だ。勘もよく、集客が伸びて星空館が大きくなったのはこの人のおかげ、と聞いていた。

「いえいえ。今日はたまたま近くに用事があったので。それで、出てきた版というのは？」

「ええ、こちらです」

バックヤードにはいると武井さんは足早に廊下を歩き、小さな会議室に俺を通した。机の上に四角いものが置かれていた。

「これなんですよ」

「これは……」

二十五センチ四方くらいで、円形の星空らしきものが彫られている。星、星をつなぐ線、星座の名前。それといちばん外側に目盛りの数字。

さらに、有名な星座のまわりには細い線でイラストが描かれている。オリオン、おおいぬ、こぐま、カシオペア……。以前この星空館で見た星空の記憶がよみがえってきた。

驚くのは、そのすべてが手彫りらしい、ということだ。こんなものを見るのははじめてだった。そして、たしかに材質がよくわからない。木のように見えるが、木目らしいものがまったく見えない。

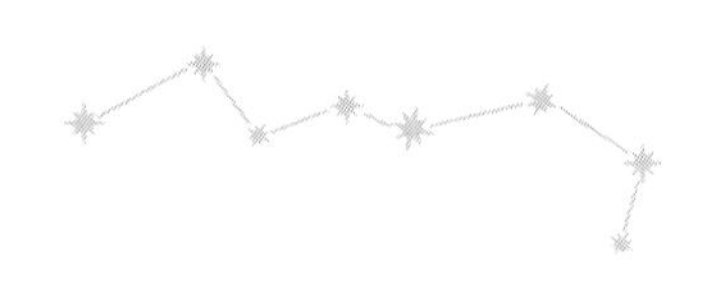

「これ、材質はなんなんですか？」

「木のようですね。木口木版っていうらしいです。当時の記録を調べたらそう書かれていました」

武井さんが言った。

「木口木版……？」

なんだろう。聞いたことがない。

「当時ここにいた方に連絡を取って訊いたところ、設立にかかわったメンバーのなかに、開館記念だから特別なものにしたい、どうしても木口木版を使いたい、という方がいらしたみたいで、特別に版画家の方に作ってもらったみたいです」

「そうだったんですね。そんなめずらしいものだったとは……」

「ただ、木口木版を望んだ方がどなたかまでは記録にないし、彫った人の名前もわかりません。設立メンバーの皆さんも他界されているので、調べようがないのです」

「武井さんは開館当時からいらっしゃったんですよね」

「いえ、ほぼ開館当時、です。開館は一九七一年。わたしが勤めはじめたのは七三年でした。早見盤の製作には携わっていませんし、細かい経緯までは……。聞かされたのかもしれませんが、覚えていない」

もう四十五年も前のことだから、忘れてしまっていても不思議ではない。

「早見盤は、わたしがはいったときにはもうすでに人気商品だったんですよ。見た目も素敵で。しかも、星座早見盤としてもしっかり作られていましたから。プレゼントにする方も多かったみたいですね。高かったのに、飛ぶように売れました」

武井さんが笑った。

「上映の最後に、プラネタリアンが必ずこの早見盤の宣伝をしていたのもありますね。それで、帰りに買っていかれる方がたくさんいらして……。わたしもむかしは毎回早見盤の宣伝をしてました」

「武井さんはもともとプラネタリアンだったんですよね」

村岡さんが言った。

「そうそう。もともとは大学で天文学を学んでここにはいりましたから、最初は番組を作ってたんです。いつのまにか広報担当になってましたけど……」

武井さんが、ははは、と笑う。

「ああ、でも、村岡さんも一時期、プラネタリアンをしてたんですよ」

武井さんが村岡さんを見た。

「え、ええ……日本の天文学の歴史を学んでいたので、そちらを中心にした番組を作ったことが……。中国や日本には、西洋とはちがう星座の考えがありましたから、そちらを盛りこんで……」

そんなことをしていたのか。はじめて聞く話だ。

「めずらしいプログラムだったんで、けっこう好評だったんです。村岡さんの解説も人気があった」

「そうなんですか。見てみたかったですね」

「ええっ、それはもういいですから……」

村岡さんがはずかしそうに両手をふると、武井さんが笑った。

「すみません、話がずれてしまいました。この星座早見盤、数年後には販売が終了して、現物が残っていないのです。開館のときに刷った限定版ということで、増刷はされなかったようです。そのあとは館のオリジナル星座早見盤というものはなく、市販のものを売っていました」

「ということは、もう実物は見られない、ということですか?」

「ええ。わたしも買った覚えがあったので家を捜しましたが、結局出てきませんでした。結婚してから何度か引っ越しをしているので、そのときに失くしてしまったのかもしれません」

武井さんが残念そうに言う。

「残っていたのはこの写真だけ。古いし、わたしが撮ったものなので写りがいまひとつなんですが……」

武井さんが机に写真を置いた。

「ほう、これは……」

写真をじっと見た。たしかに洒落ている。

「三枚の紙からできてましてね。いちばん上に窓のついた表の紙、なかに星座の書かれた星座盤、そして裏に台紙。三枚の中心をピンで留めて、表の紙と台紙を固定し、なかの星座盤を回転させる仕組みです」

小学校で星座早見盤を使ったときの記憶がうっすらとよみがえってくる。

「星座盤の外側と表の紙に目盛りがあって、それを合わせるんですよね？」

俺は武井さんに訊いた。

「そうです。そうすると、その日その時間の空の様子がこの窓のなかに出てくる」

武井さんが写真のなかの、楕円の部分を指した。

「今回出てきたこの版は、星座盤に使われていたものということですね」

「そうです。木口木版はこちらから提供したものでしたので、印刷のあと館に返却されてきたようです。それからずっと倉庫の片隅に眠っていたようで……。文字の部分は印刷所が持っていたのでしょう。こちらにはないですし、印刷所にも問い合わせてみましたが、古いものなので当然保管されていませんでした」

なるほど、版があったのはそういうことだったのか。

「この版を使って復刻版を作れないでしょうか。あの星座早見盤、当時のお客さまなら覚えていて、なつかしいと思ってくれる方も多いでしょう。リニューアルに合わせて復刻すれば、売れるのではないかと」

「それに、こういうアンティークっぽいものが好きな人、たくさんいそうな気がします」

横から村岡さんが言った。

「高くてもほんとに好きなものにはお金をかける人が増えてると思いますし」

たしかに、こうしたものを好む人は大勢いそうだ。

「わかります。ただ、問題は作れるかどうかですよね」

俺は言った。

「うちには凸版を印刷する機械がないんです。印刷の技術は向上してますが、機械自体が新しくなっているので、むかしのものは使えなくなってしまった。映画のフィルムが上映できないとか、ビデオテープ、レーザーディスクが再生できないとかとも似ています」

「そうなんですか」

「でも、方法がないわけじゃないですよ」

思いついて、俺は言った。

「木口木版ですから、木版画の方法で紙に刷ることができると思います。それをスキャンすれば画像データにできますから、うちでも印刷できますよ」

「そうか、なるほど」

「あとは、この写真をもとに外側の文字を組めば……。ただ、この写真では紙の種類まではわからないですね。現物があるといいんですが」

ルーペを取り出し、写真を凝視する。

「そうですよね。当時のものを保存している人がいるかもしれません。まわりに訊いてみますよ」

武井さんは考えながら答えた。

社に戻ると、すぐに技術部に向かった。同期の高梨の姿を認め、話しかける。印刷技術の歴史に関しては、だれよりくわしい男だ。

「高梨、木口木版って知ってるか？」

「木口木版？　知ってるよ、もちろん」

高梨はあっさり答えた。

「研修で習っただろう？」

「そうだっけ？」

「十九世紀のヨーロッパで使われていた重要な技術だよ」

呆れたように言うが、高梨は言わば「印刷技術オタク」だ。ふつうの社員はそんなことまで覚えていない。

「ふつうの木版画とはちがうのか？」

「日本の浮世絵とはちがうね。浮世絵は板目木版。木口木版は西洋木版とも呼ばれていて、イギリスで十八世紀末に発明されて、ヨーロッパで書籍の挿画によく使われた。ちがいは、木の幹を縦に切るか、横に切るか」

「縦に切るか、横に切るか……？」

「縦に切ったのが板目木版。横に切ったのが木口木版」

高梨は手持ちのノートに図を書きながら説明した。

木の伸びる方向に沿って切ったのが板目。木を輪切りにしたのが木口。切り株の上部のようなものということらしい。

「板目木版より、堅くて目の詰まった木を使うんだって。黄楊とかさ。しかも木口に彫る。で、なんて言ったかな、彫刻刀じゃなくて、専門の道具を使うんだ。緻密に彫れるから、専門書の細かい図版に向いていたらしい」

さすが高梨はくわしい。訊きにきてよかった、と思った。

「でも、なぜ?」

「実は、取引先のプラネタリウムで古い木口木版が見つかって、それを使って復刻版を作れないか、って相談されたんだよ」

俺は経緯を簡単に説明した。

「そりゃめずらしいな。でも、うちでは凸版は印刷できないよ。本社に機械は残ってるけど、動いてないし」

高梨はそう言って、天井を見あげる。

「ああ、でも、活版印刷に関しては、島本に訊けばなにかわかるかもしれない」

「島本って、悠生か」

悠生は俺の大学時代の後輩だ。盛岡出身で、もともとは盛岡の本社にいた。去年、埼玉支社に配属になったのだ。大学時代は同じサイクリング部だったから、ときどきいっしょに飲みに行ったりしている。

そういえば、悠生の家は本町印刷に代々かかわっていて、彼の祖父や大叔父は創業時の本町印刷を支えた功労者だと聞いていた。大叔父の島本幸治氏はいまも役員に名を連ね、技術部の社員からは「御大」と呼ばれている。

彼らが活躍したころはもちろん活版印刷が主流だった。御大は印刷、亡くなったお祖父さんは組版の専門家だったらしい。悠生自身も高校時代から工場に出入りし、ふたりから活版印刷を習っていた、という伝説があった。

「そうか、御大がいるもんな」

「それもあるけど、島本は最近、活版印刷やってる小さな印刷所によく出かけてるみたいでさ」

高梨が言った。

「小さな印刷所？」

「くわしいことはよくわからないけど、古くからやってる端物屋だって。悠生が御大を連れて東京の活版関係のイベントに行ったとき知り合ったらしいよ。なんでもその端物屋に盛岡本社にあるのと同じ平台があって、それが動かないとかで、その印刷所の主が御大を訪ねて盛岡本社まで行ったんだってさ」

「へえ。でもなんでそんな古い機械を？」

「さあ。くわしいことは聞いてないけど、その印刷所はいまでも活版一筋とかで……。いっしょに作業したりするうちに意気投合して、御大がその平台直す、って流れになって、わざわざこっちに出てきたらしいんだよ。あの御大と意気投合するくらいだから、相当な人なんだろうなあ」

高梨は少し笑った。新入社員は研修で必ず御大の世話になる。厳しい人で、技術部にはいったものからは怖れられていた。

「で、動くようになったのか？」

「なったみたいだよ。でも、機械の細かい調整はまだ悠生しかできないし、動かし方を教えるために、仕事が終わってからときどきその印刷所に行ってるらしい。休日にも出かけてるみたいなこと、言ってたな」

「そうなのか」

最近飲みに誘ってもさっぱり出て来ないのはそのせいだったのか。それにしても、休日まで印刷漬けとは。印刷屋のＤＮＡというやつか。

「なんだ、最近付き合いが悪いから彼女でもできたのかと思ってたのに」

「さあ、わからないよ。いやに楽しそうにしてるし、もしかしたら意外とその印刷所にかわいい女の子でもいるのかもしれない」

町の古い端物屋にかわいい女の子？　そんなことがあったら驚きだ。

「それはともかく、その印刷所、どれくらいのことができるのかわからないが、ずっと活版でやってきた、って話だし、木口木版も刷れるかもしれない。あ、それに、いざとなったら御大もいるしな」

高梨が笑った。

「悠生、まだいる？」

「いると思うよ」

高梨は受話器を取り上げ、内線で悠生を呼び出してくれた。


しばらくして、悠生がやってきた。木口木版のことを訊くと、悠生も扱ったことはないらしい。だが、原理的には活版印刷の機械で刷れるはず、と言った。

「でも、版の状態にもよりますし、見てみないとはっきりとは言えないですね」

悠生が腕組みした。

「お前、最近よく活版の印刷所に行ってるんだって？」

「そうなんです。高梨さんに聞いたんですか」

「うん。たとえばその印刷所でその木口木版を印刷することはできるかな」

「ええ。さっきも言った通り、版の状態にもよりますけど。ただ、そんなにたくさんは刷れないかもしれませんよ。版が摩耗しますから」

　摩耗……。そうか、考えてみれば木でできているから当然だ。

「ところで、どんな品物なんですか？」

「ああ、星空館で作られていた星座早見盤なんだよ。一九七一年の開館当時の限定版。今年のリニューアルに向けて復刻版を作りたいらしいんだ」

「なるほど。でも、その時代に木口木版なんてめずらしいですね」

「なんでも当時どうしても木口木版で刷りたい、っていうお偉いさんがいて、版画家に頼んで作ってもらったらしいよ。ただ、木口木版は真ん中にはさまっている星座盤のもので、外側の紙の版はない」

「現物は？」

「それもない。残ってるのは小さな写真だけ。文字はぎりぎり読めるが、なにしろ写真だからね」

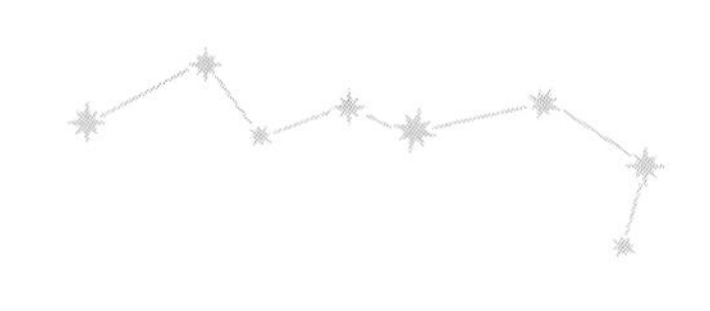

「じゃあ、星座盤を刷ることより、外側と台紙を再現する方がむずかしいかもしれないですねえ」

悠生が首をひねり、なにか考えている。

「先輩、星空館の人にその版を持ってきてもらうことはできないでしょうか」

しばらくして悠生が口を開いた。

「できるかもしれないけど……なぜ？」

「その活版の印刷所に持っていきたいんです。一度刷ってみれば版の状態もわかるし、刷れるかどうかも試せますし……」

「なるほど。わかった。先方に訊いてみるよ。その印刷所はどこにあるんだ？」

「川越です」

悠生に言われて、えっ、と思った。村岡さんの住んでいる町じゃないか。

「三日月堂って言うんです。小さい印刷所ですが、仕事はきちんとしてます。組版もうまいし……。大叔父が平台を直して動くようになりましたし、かなりいろいろできますよ」

「そうそう、御大がわざわざこっちに来て修理したんだって？」

「そうなんです。たまたま本社の機械と同じだったのもあるんですけど、わざわざ本社まで足を運んできた、その熱意に打たれたみたいです。それに……」

悠生はそう言って、自分の机の上に立てかけられた冊子を取り出した。

「これ、そのとき刷ったものなんですよ」

表紙には「八木重吉小詩集」と書かれていた。

何気なくページを開き、はっとした。

「これが活版印刷……」

プレーンな文字組なのに、文字ひとつひとつが独特の空気を孕んで並んでいる。こんなに深みのあるものだとは。印刷所に勤めているのに、活版印刷の文字などほとんど目にしたことがなかった。研修で見たかもしれないが、記憶の彼方だ。

虫が鳴いてる
いま　ないておかなければ
もう駄目だというふうに鳴いてる
しぜんと
涙をさそわれる

詩の言葉に引き寄せられた。文字は少ないが、余白にも緊張感があふれている。

「祖父が組んだものなんですよ。本町印刷にはこれしか組版が残ってなかったから、大叔父が練習用に出してきたんです。そしたら、三日月堂の人が倉庫の版を組み合わせて、冊子にしてしまった。大叔父はそれを見てやる気になったんです」

「なるほど……」

よくわからないが、その人も相当の活版好きで、凝り性なんだろう。だから御大と意気投合したのか。

「わかった。まずは先方に訊いてみるよ。その版、貴重なものだから、持ち出すのはちょっと厄介かもしれないけど……」

「わかりました。三日月堂にも訊いておきます」

悠生に言われ、うなずいた。

3

村岡さんに連絡して三日月堂のことを話すと、館の許可が出たらしい。三日月堂の了承も取れて、武井さんと村岡さんといっしょに三日月堂に行くことになった。

悠生は事前に相談があるので、ひとりで先に行く、と言っていた。

金曜日の夕方、村岡さんたちと川越駅で待ち合わせして、タクシーで三日月堂に向かった。

にぎやかな一番街から少し外れ、ほとんどなにもないしずかな通りだった。タクシーを降り、あたりを見回す。白い町工場のような建物が見えた。あそこかな、と言いながら近づいたとき、なかから悠生が出てきた。

入口のガラス戸の向こうに活字の棚が見えた。壁一面の活字棚だ。

こんな棚を見るのははじめてだった。本町印刷の本社では社に残っていた活字棚をロビーに展示している。だから見慣れているつもりだったが、こんなふうに壁一面に広がっているのは見たことがない。

「とりあえずなかへどうぞ」

悠生が言った。

「うわあ、これはすごいな」

うしろから武井さんの声がした。

「ほんとですね」

村岡さんも驚いたようにつぶやく。

「これ、全部使ってるの？」

「そう。全部現役ですよ。あの大きいのが、この前大叔父が来て直した平台」

悠生は部屋の真んなかの黒く巨大な機械を指した。

「今日はわざわざこちらまでお越しいただいて……ありがとうございます」

平台の向こうから女性が現れた。村岡さんと同じくらいだろうか？　俺や悠生より少し若い気がする。

従業員だろうか。いや、この規模だと家族経営だろうから、娘さんとか？　だとしたら、高梨が言っていた印刷所にかわいい女の子でもいるのかも、というのはあながちハズレでもないのかもしれない。

「こちらが三日月堂の主の月野弓子さんです」

悠生が言った。

こちらが？　ってこの若い女性が、か？　悠生の言葉にぽかんとした。

いやいや、まさか。盛岡で御大と意気投合したのは別人だろう。店は代替わりしたけど、先代もまだ現役で……とか……。

ぽかんと彼女を見つめた。

「もともとは彼女のお祖父さんの営んでいた印刷所なんだけど、お祖父さんが亡くなったあと、彼女が戻ってきて再開したんですよ」

「お父さまは……？」

　村岡さんが訊いた。

「父はここを継がなかったんです。天文学が好きで、理科の教師になりました。数年前に亡くなりましたけど……。ここは曽祖父が起こした印刷所ですから、わたしが三代目ということになりますね」

　弓子さんが言った。やや低く、喉の奥で響くような声だった。

　ということは、やはり盛岡まで行って御大と意気投合したのはこの人……？　てっきり屈強な男性、しかもけっこう年配の人と思っていたのに。

　しげしげと彼女を見つめる。色が白く、ほっそりした人で、印刷所をひとりで切り盛りしているようにはとても見えない。

「お父さま、天文学がお好きだったんですか」

　武井さんが訊く。

「はい。だから星空館とうかがって、なつかしくて……。子どものころ、何度も父に連れられて行ったんですよ、星空館。大好きでした」

　弓子さんが武井さんと村岡さんに言った。

「ありがとうございます。星空館はいま改修中で、もうすぐリニューアルオープンするんです。改修で倉庫を整理していたとき、星座早見盤の版が出てきまして……」

「木口木版でしたよね。わたしもよくわからなくて、知人の版画家に聞いてみたんです。そうしたら、くわしい方がいらして……」

弓子さんが部屋の奥に立っている男女の方を見た。

「田口昌代さんと今泉先生です。昌代さんとは以前豆本をいっしょに作ったことがありまして……」

弓子さんが小さな本をこちらに差し出す。

「かわいい」

手に取った村岡さんが目を見張った。手のひらに載るような小さな作品だが、ていねいな造りで、本というより工芸品だ。

「活版印刷と銅版画を組み合わせたものなんです」

「まさかこの版画は……？」

「はい、全部オリジナルの銅版画です。三日月堂さんと共同制作の形で、五十部だけ作ったんです。もうすべて売れてしまいましたが」

昌代さんと呼ばれた女の人が答えた。

「昌代さんの工房の今泉先生が木口木版も手がけていらっしゃるそうで……」

弓子さんが昌代さんの隣に立っている無精髭の男性を指した。

「今泉です。ふだんは銅版画なんですが、蔵書票などで木口木版を使うこともありまして。今日は昌代さんに駆り出されてきました」

今泉さんが笑いながら言った。

「すみません。わざわざありがとうございます」

武井さんが頭を下げた。

「それで、問題の木口木版は……」

悠生が訊いた。

「ここにあります」

武井さんが大きなカバンから風呂敷包みを取り出す。なかにはさらに梱包材に包まれた版がはいっていた。

「これは、大きいですね」

今泉さんがうなった。版は二十五センチ四方くらいだ。版画としてさほど大きくないような気もするが……。

武井さんがゆっくりと版を取り出し、机に置く。

「細かいですねえ」

悠生は版をじっと見る。ポケットからルーペを出し、目を近づけた。

「ほんとに木なんですか？」

弓子さんも版を見ながら言った。

「わたしも最初そう思いました。木目も全然ないし……木でこんなに細かく彫れるのかな、って……」

村岡さんも言った。

「木ですよ」

今泉さんが言った。

「ご存じかと思いますが、木版には板目木版と木口木版があります。板目は木を縦に切ったもの、木口は横に切ったもの、つまり切り株のような面を使うんです」

高梨に聞いた通りだった。

「浮世絵は板目木版です。こちらの方がやわらかく、彫りやすい。版の大きさも比較的自由になる。対して、木口木版は黄楊、椿、楓などの堅い木の輪切りの面を使う。だから、板目木版より細かく彫れる。でも……」

今泉さんは版に十字にはいった接ぎ目を指す。

「ここに接ぎ目があるでしょう？　これは四角く裁断した木口を接いだ寄木の版なんです。木口木版は木の切り口を使うので、木の太さのサイズまでしか取れません。だから小さい作品が多いんですが、印刷に使われていたころはこうやって接いで大きなものを作っていたのですね」

版を見たとき「大きい」と言ったのはそういうことだったのか。

高梨の話を思い出しながら訊いた。

「彫刻刀ではない別の道具を使う、と聞きましたが」

「ええ。ビュランと言います。銅版画でも使う道具です。いろいろな太さがあって、一ミリの間に十本以上の線を刻めるほど細いものもあります」

「ビュランを使ったエングレーヴィングという技法は銅版画のなかでいちばん古い手法なんです。でも、もっとも熟練が必要と言われているんですよ」

横から昌代さんが付け加えた。

「木口木版は銅版画のような緻密な表現ができるし、凸版なので活字といっしょに印刷できる。それで写真製版の技術が開発されるまでは、よく書籍の挿絵に利用されていたようです。印刷には使われなくなりましたが、いまも版画の一種として制作している人はいますよ。わたしもそうです」

今泉さんが言った。

「この版、活版の印刷機で刷れるんでしょうか」

武井さんが訊いた。

「刷れるはずですが、けっこう大変そうですね」

悠生が答える。

「星や線、イラストが白く抜かれる感じで、黒い面がほとんどでしょう？　これだけベタが多いと……」

「むずかしいのか？」

「そうですね、活版印刷っていうのは、出っ張った部分にインキをのせて、物理的に紙に押しつけるわけですから。しかも版画みたいにバレンで押すわけじゃない。大きなベタ面をムラなく印刷するっていうのはなかなかむずかしいです」

悠生が腕組みする。

「わたしがうちの工房のプレス機で刷ることもできますが」

今泉さんが言った。

「それをスキャンすれば、いまの印刷機でも刷れますね。活版独特の風合いはなくなってしまいますが、確実だし、枚数もたくさん刷れる」

悠生がうなずく。

「なるほど……。でもちょっとさびしいですね。まずは印刷機で試してもらえますか。できるだけ前と同じにしたい」

「わかりました。あと問題は、外側の紙の版がない、ってことですね。それをどうやって復元するか……」

悠生がうーん、とうなった。

「武井さん、写真がありましたよね」

「はい、持ってきました。小さいですが……」

武井さんが早見盤の写真を出した。

「これは素敵ですねえ」

昌代さんがつぶやく。

「さすが開館記念の限定版というだけのことはありますね。素晴らしい」

今泉さんも感嘆の声をあげた。

「これだと文面や文字の色、配置はなんとかわかりますが、フォントまではわからないですね。紙の種類も……」

悠生が首をひねる。

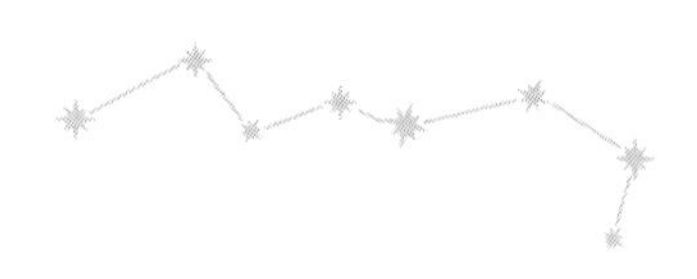

「あの……」

話の途中で弓子さんが口をはさんだ。

「ちょっと待っててもらえますか。もしかしたら……」

そう言って、奥の扉を開け、なかにはいっていく。しばらくして、ふたたびその扉が開いて、弓子さんが戻ってきた。

「あの、これ……」

弓子さんが興奮したように言って、なにか差し出す。

「これは……うちの星座早見盤だ」

武井さんが受け取り、食い入るように見つめる。だいぶぼろぼろになっているが、写真に写っていた品とまったく同じものだ。

「どうしてここに……？」

「父がむかし買ったものです。星空館ができてすぐのころに買った、って言ってました。父が高校生のころだったはずです。すごく気に入っていて……。こういうのはほかで買えないから、って、ずっととってあったんです」

唖然とした。まさかこんなところに現品が残っているとは……。外側の紙の文字もしっかり残っているし、紙質もわかる。

「子どものころ、これで星座を教えてもらいました。ずっと、きれいだなあ、って思ってたんです」

「大事にしてもらっていたんですね。ありがたいです」

「これで復刻版、できそうですね」

俺は武井さんに言った。

「紙は皮しぼ模様のエンボスペーパーか。まったく同じものはないかもしれませんが、似た感じのものを探してみます」

表の紙をじっと見る。紙の見本帖に、似た紙があった気がした。

「やっぱりいいですね。できるなら全部むかしと同じにしたいなあ」

星座盤を見ながら武井さんがつぶやく。

「でも、活版で刷る場合は枚数には限度がありますよ。版と紙を毎回物理的に接触させますから、印刷するたびに版が磨耗するので」

悠生が言った。

「木だからですか？」

村岡さんが首をかしげた。

「いえ、活字もそうですよ。活字は鉛の合金でできているので意外とやわらかくて、

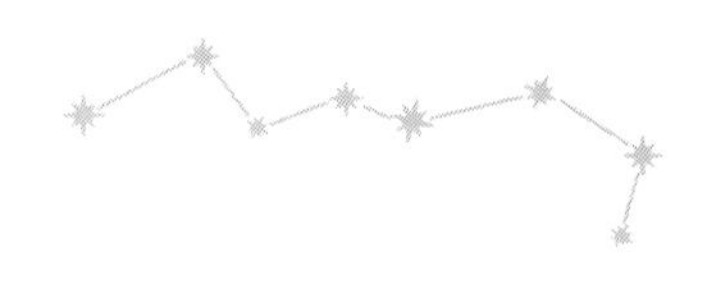

数千枚くらいしか刷れないんです。だから、たくさん刷るときには紙型というものを使います」

悠生が答える。

「紙型？」

「厚みのある紙に活字の版を型押しするんです。そうすると紙が活字と反対に凹む。そこに鉛合金を流しこむ。そうすると、活字と同じ形のプレート状のものができますよね」

「はい」

「活字と同じ材質なので硬さは同じなんですが、表面をメッキできますし、複数枚作ることもできますから。むかしは大部数の印刷にはこれを使っていたんです」

「でも、この木口木版の精密さは再現できないと思います。この現物を使って印刷するしかないですね」

弓子さんが言った。

「開館時にもまとまった枚数を刷っているでしょうし、このあと何枚刷れるかわかりません。これ自体が芸術品ですから、印刷で破損してしまったら、と思うと……。だから、今泉さんのところで一枚だけ刷ってもらって、スキャンしてオフセット、というのがいちばん安全な方法だとは思います。版が不完全だった場合もデータなら修正もききますし」

悠生が版を見下ろす。

「もちろん刷ることはできますが、わたしなら、版を保存するより、できるかぎり刷る方を選びますけどねえ」

今泉さんの言葉に、悠生がはっと息を呑むのがわかった。

「版というのは刷られるために作られたものですから。印刷できないなら死んだも同然ですよ」

「そうですね」

武井さんは版を見つめた。

「いまこのタイミングでこの版が出てきたのも、なにかの縁だと思います。全部は無理としても、特別限定版みたいな形で、活版印刷バージョンも作りたいです」

「なるほど。特別版と通常版の二段構えにするのもありですね」

俺は言った。

「いずれにしても、まずはこの版がちゃんと刷れるか、ですよね。武井さん、この版、少しのあいだ預からせてもらってもいいでしょうか。この場でさっと刷る、っ

ていうわけにはいかなそうなので」
悠生が訊いた。
「はい、大丈夫です。そのつもりで持ってきましたから」
武井さんがにっこり笑った。

4

ひととおり相談が終わり、今泉さんと昌代さんは帰っていった。俺たちは弓子さんが淹れてくれたお茶を飲み、星空館のリニューアルの話などをした。

「そういえば、あそこの壁にかかってるキーホルダー、あれ、星空館のグッズじゃないですか」

村岡さんが、机の上あたりの壁を指す。星の飾りのついたキーホルダーがかかっているのが見えた。

「はい、そうなんです。よくわかりましたね。もう古いものなのに」

弓子さんが少し驚いたように村岡さんを見た。

「わたしも同じのを持ってたんです。子どものころ星空館に行ったとき、買ってもらって……。ほしくてほしくて、父にお願いして買ってもらいました。そのころはまさか自分が星空館で働くことになるとは思ってなかったんですけど」

村岡さんが笑った。

「そうだったんですね。あれは父と母と三人で行ったときに買ってもらったもので……。ずっと宝物でした」

弓子さんは少しさびしそうに微笑んで、キーホルダーの方を見た。

三日月堂を出るともうすっかり夜だった。武井さんは家に帰るために川越市駅から電車に乗り、俺は悠生、村岡さんとともに夕食をとることにした。

村岡さんのすすめで、連雀町交差点近くのおでん屋にはいった。店がはいっている建物は「大工町長屋」と呼ばれている。江戸時代、このあたりは職人の多く住む地区で、大工町と呼ばれていたのだそうだ。

この長屋は昭和三十年代築。建物が老朽化してしばらく空き家になっていたところ、町の有志数人が集い、自力でリノベーションを行ったらしい。古い建物を活かしながら、明るくモダンな造りになっていた。古い建物もこうして再利用されることで生き返る。使われることで復活するのだと思った。

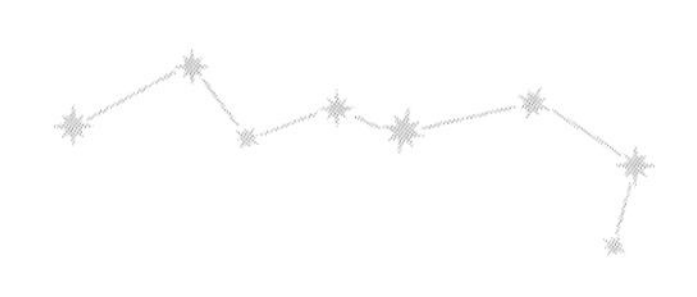

「川越にはこういうところがいろいろあるんですよ」

村岡さんが得意げに言う。

「落ちつきますね。すごく居心地がいい」

悠生が少し笑った。おでんも酒もおいしく、気持ちまでぽかぽか温まった。

「僕たちの故郷の盛岡もいいところなんですよ。古いものと新しいものが共存してるのは、ここと似てるかもしれない。村岡さん、盛岡に行ったことありますか？」

「ないんです。いつか行ってみたいと思ってるんですけど……」

村岡さんといっしょに盛岡の街を歩いたら、彼女はなんと言うだろう。中津川沿いの道。赤レンガの岩手銀行や、盛岡城、櫻山神社、石割桜、紺屋町や鉈屋町の街並み。彼女の目にはどんなふうに映るのだろう。

連れていってみたい。どこからかそんな思いが湧いてきて、少しあわてた。

「じゃあ、ぜひ行ってみてくださいよ。前に弓子さんが盛岡に来たときは……」

「え、もうご実家に挨拶までされているんですか？」

村岡さんの言葉に悠生は目を丸くした。

「挨拶？」

きょとんとした顔だ。そうか、村岡さんには弓子さんが平台のことで盛岡の本社を訪ねたことを話してなかったから……。

「いや、そうじゃなくてさ、彼女は仕事で盛岡に行ったんだよ」

あわてて経緯を話す。

悠生と御大が東京で行われた活版関係のイベントで弓子さんと出会ったこと、盛岡の本社に三日月堂と同じ平台があること、御大がその機械に精通していること、弓子さんが盛岡を訪ね、その結果御大が三日月堂まで平台の修理にきたこと。

「いまみたいにコンピュータ制御じゃないですから、なんでもかんでも業者を呼ぶわけじゃなくて、機械の故障は自分たちで直していたんですよ。だからたいていのことはわかる。それで、弓子さん、イベントのあとすぐに平台の使い方を学びに盛岡の本社を訪ねてきて、その帰りに少し盛岡の街を案内したんですよ」

悠生が補足した。

「えっ、すみません、そういうことだったんですね。わたし、勘違いして……」

村岡さんが真っ赤になる。

「勘違い?」

悠生が村岡さんを見た。

「あ、いや、そういうことじゃないんですよ」

しばらくして、村岡さんがどう勘違いしたのか気づいたのだろう、悠生は、ははは、と照れたように笑った。

その表情を見ながら、俺はもしかして、と思った。

悠生は弓子さんのことが好きなんじゃないか？　御大が機械の修理をしたのはともかく、その後も三日月堂に通い続けているのは悠生の意志だろう。悠生も活版印刷が好きなんだろうけど、それだけだろうか。

「それにしても、弓子さん、すごい行動力なんですね。イベントで知り合って、すぐに盛岡まで行かれたなんて」

村岡さんの声がした。

「連絡が来たときは僕も驚きました。それだけあの機械を動かしたかったんだと思います」

「そうだったんですね。でも、なぜ……？」

「彼女が三日月堂に帰ってきたときは平台は動かなかったようで、もう先代のお祖父さんもいない。だから最初は手キンっていう手動の機械と小型の自動機、校正機を使って仕事をしていた。でもお客さんが増えてきて、それだけだとニーズに応えられない。だからどうしても平台を、ってことになったみたいです」

「うーん、すごいなあ。そんなふうに進んでいけるなんて」

村岡さんは、はあっと息をついた。

「まあ、盛岡に来たのは、彼女のお母さんが盛岡出身だった、ってこともあるみたいですけどね」

「お母さんが？」

「ええ。彼女が小さいころに亡くなったそうなんです。それで、一度来てみたかった、って。帰り際に数時間ですが、ゆかりの場所を歩きました」

「そうだったんですか」

「お母さんが亡くなったの、彼女が三歳のときですから、お母さんのことはあまり覚えてないみたいで。でも、あのキーホルダー、家族で出かけたときのものだったんですね。ずっとあそこにかかってたけど、いままで知らなかった」

悠生がひっそりつぶやく。その横顔を見たとき確信した。やはり悠生は彼女が好きなんだ。

「弓子さん、おとなしい感じに見えますけど、実はがむしゃらで頑固な人なんですよ。うちの工場に来たとき、練習のために大叔父が用意した紙を使って、冊子まで作っちゃったんです」

悠生がくすくすっと笑う。

「あの冊子か」

「ええ。あの文字を組んだのが祖父だっていうのはお話ししましたよね。活版部門をやめるとき活字も組版も処分してしまったけど、あれだけは捨てられなかったんです。だれも刷らないまま眠ってた。大叔父がそのなかの一編を出してきて、練習に使ったんです。そしたら、大叔父が席を外したあと、彼女が冊子を作ろう、って言い出して、版を選んで、組付けして……。二日で冊子を刷りあげてしまった」

「すごいですね」

「で、御大は？」

「唖然としてた」

悠生は笑った。御大はきっと彼女のそういうところが気に入ったのだろう。意気投合して、というのも、誇張じゃない気がした。

「それで三日月堂の機械を直すためにわざわざこっちに来たんですよ。博物館に入れるためだったら、こんなに熱心にはならなかったと思う。それは死蔵だから。でも、三日月堂はその印刷機を使って仕事をするつもりだった」

「機械が生きた形で使われる、ってことか」

「ええ。だからさっきの今泉さんの言葉にもはっとしたんです。わたしならできるかぎり刷る方を選ぶ、っていう……」

――版というのは刷られるために作られたものですから。印刷できないなら死んだも同然ですよ。

古い版でも、遺物じゃない。使えるものとして、いまも生きてる。

「貴重なものだから『もの』として残す。それだけじゃ、ただの資料になってしまうんですね」

村岡さんもうなずいた。

星座早見盤の現物と、悠生に見せられた八木重吉の冊子が頭に浮かんだ。あそこにはたしかにいまの印刷にはない強さがある。データにはできないなにかが宿っているように見えた。

「なあ、悠生」

俺は悠生に話しかけた。

「もしうまく刷ることができたらだけど……。やっぱり特別版も作りたいね」

悠生がこっちをじっと見る。

「限定三百部とか五百部とかでいい。あの版を使ったほんとうの復刻版」

「そうですね」

横から村岡さんが言った。

「コストがかかったとしても、限定の特別版なら高くてもいいと思いますし」

「わかりました。週末、三日月堂に行って、刷れるかどうか試してみますよ。僕も版を見たときから、むずかしそうだけど刷ってみたい、と思ってたんです」

悠生が遠くを見る。これまで見たことのないような表情だった。

なんか、変わったな。身体の奥に火がついたみたいだ。

どちらかというと俺と似て、熱くならないタイプだと思っていたのに。これまで俺たちには語らなかったが、活版印刷への強い思いがあったのだろう。弓子さんと出会って、印刷遺伝子が覚醒したのかもしれない。

運命ってこういうものなのかもしれないな。悠生の横顔が頼もしく見えた。


自宅に帰る村岡さんと別れ、悠生と駅にはいった。

「先輩、村岡さんとはどんな感じなんですか」

ホームにおりると、悠生が言った。

「どんな感じって……」

「いや、高梨先輩が言ってたんです。先輩は星空館の村岡さんが気になってるみたいだ、って」

「え、高梨が？　また余計なことを……」

急にその話題が降りかかってきて、しどろもどろになる。

「よくわからないんだよ。村岡さんはいい人だけど、付き合うとなると……」

悠生から目をそらし、線路を見つめた。

「たぶん村岡さんの問題じゃなくて、俺は自分に自信がないんだと思う」

ぼそっとつぶやく。

「自信……ですか？」

「いま付き合うとなれば、やっぱり結婚を意識するだろう？　いまのまま結婚しちゃっていいのか、って……。いや、さっきも言ったように、村岡さんの問題じゃないんだ。なんていうのかな、俺はまだいまの人生が自分のほんとうの道かわからない、っていうか」

「響子さんのこと、まだ気にしてるんですか」

突然その名前が出て、ぐっと黙る。不意討ちだった。同じ大学だったから、悠生は俺が響子と付き合っていたことを知っている。だがここでその名前を出してくる

とは……。

「響子は絶対に学芸員になる、って決めてた。自分の道を自分で決めて歩いていた。お前も高校時代から印刷所に出入りしてたんだろう？　俺にはそういうものがない。本町印刷にはいったのも、絶対に印刷業界に決めてた、とかじゃないんだ。だから、自分の道を歩いている気がしない。いつも傍観者みたいな気分なんだよ」

「僕も印刷は好きですけど、そこまでしっかりと自分の道と決めてたわけじゃ、ないですよ。親戚のほとんどが本町印刷にいるから、っていう気持ちも大きかったような……」

悠生はうーん、とうなった。

「でも、言いたいことは少しわかる気がします。僕も最近、似たことを考えたんです。三日月堂に行くようになって……。本町印刷の仕事も充実してたし、満足はしてたんですよ。だけどどこかにほんとうにこれなのか、みたいな気持ちはあった」

「そうなのか」

「活版印刷って、活字や印刷機だけじゃできないんですよ。職人がいないと。いまコンピュータが担っている役割を全部職人が受け持ってたんですよね。文選、組版、印刷。どれも熟練が必要な仕事だから、たいていどこでも分業制だった。弓子さんは組版が得意なんです。僕は組版はできないが、印刷ならできる」

「なるほど」

「本町印刷の仕事は、極端な話、僕じゃなくてもできる。けど、三日月堂の印刷には僕が必要。僕じゃなければできないって思った。それに、やっぱり活版印刷が好きなんですよ。手でできる仕事が。自分にしかできない仕事でも、好きじゃなかったらできないでしょう？」

「じゃあ、もしかして、本町印刷を辞めて……」

「いえ、そこまでは考えてないです。経済的なこともありますから。いま僕が本町印刷辞めて三日月堂で働きたい、なんて言ったら、はっきり言って三日月堂にも迷惑ですよ」

悠生は少し笑う。

「でも、仕事の合間にできるだけのことはしたい、と思ってるんです」

「そうか。俺にはそういう出会いがまだない。今後もないのか、まだ出会ってないだけなのか、わからないけど……」

内心、悠生が少しうらやましかった。

「みんなそれぞれ事情はちがうけど、あるとき腹をくくって、ここで一生いく、っ

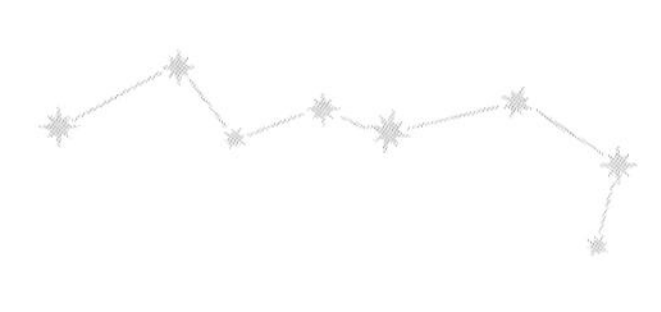

て決めるだろう？　俺はなんとなくまだふわふわしてて、そんな中途半端な人間が結婚していいものか、ってどうしても思ってしまうんだよなあ」

「いや、僕から見たら、先輩はじゅうぶんしっかり仕事をしてると思いますよ。僕たち技術屋はものを作ることばかり考えてるけど、営業って、それを現実の社会につなげる仕事でしょう？　顧客がなにを求めているか総合的に考えなきゃならない」

「それはそうだけど」

「先輩、響子さんに言われたことにとらわれすぎなんじゃないですか？」

悠生の言葉がぐいっと胸に刺さった。

「前に言ってたじゃないですか。別れるとき、『自己主張がない』って言われた、って。響子さんを忘れられないんじゃなくて、響子さんに指摘されたことに縛られてるように見えますよ」

その通りだ。図星すぎて言葉もない。

「人間が生きていくためには、自己主張も必要ですけど、調整も必要なんじゃないですか。年齢を重ねるほど、そっちが重要になる気がするんですけどね」

悠生の言葉にはっとしたとき、ホームに電車がはいってきた。

がらがらののぼり電車に悠生と並んで座る。中吊り広告に盛岡の写真が載っている。観光旅行のポスターだ。

二月に行われる「もりおか雪あかり」の写真だった。盛岡城跡公園を中心に、雪の灯籠のなかにキャンドルが灯されるイベントだ。

雪……。そういえば、村岡さんの名前、深雪だった。深い雪。彼女は川越生まれの川越育ち。雪国には関係がない。なぜ深雪なんだろう。

「盛岡、いまは寒いでしょうねえ」

横から悠生の声がした。

「『もりおか雪あかり』、俺、ほとんど行ったことないんだよ」

俺は苦笑した。

「そうなんですか?」

「あれ、はじまったの二〇〇五年だろ? はじまった年にちらっと見に行ったけど、そのあとすぐに埼玉支社に来ちゃったから。二月に盛岡に帰ることなんて、ほとんどないからなあ」

雪あかりか。村岡さん、こういうのも好きかもしれない。東京駅のイルミネーションをわざわざ見に行くくらいなんだから。よく知りもしない雪あかりを思い浮かべ、雪の灯籠のなかを村岡さんと歩いているところをぼんやり想像していた。

5

日曜日の夜、悠生からメールが来た。星座盤の印刷がうまくいったらしい。ちゃんと刷るためにはまだまだ調整が必要だが、版自体には問題がない。明日会社に持っていく、とあった。

月曜日、悠生が持ってきた刷りあがりを見て、その細かさに驚愕した。星、星をつなぐ線、星座を囲むように描かれたオリオン、ペルセウス、カシオペア、こぐま、おおいぬ、ペガスス。小さな点が集まって帯のように延びる天の川。

星座の名前の文字や、まわりの目盛りの数字も、すべて手で彫ったものだった。細かいのに大きさも形もきっちりそろっている。

「これ、ほんとに人が彫ったものなのか」

あまりにも精巧で、信じられなかった。

「僕も昨日電話で同じことを大叔父に言ったんですよ。そしたら、なに言ってるんだ、逆だよ、むかしの人間はなんでも自分の手で作ったんだ、って」

「逆……？」

ぽかんと悠生を見る。

「むかしは紙漉きだって機織りだって人間がしてた。洗濯機だって、できた当時は、機械にこんなことができるんだ、って驚いたものだよ。機械は、人間がやってたことを代わりにやらせるために作られたものなのに、最近はみんな、布でも紙でも人の手で作れるんですか、って言うんだからな、って笑ってました」

「まあ、それはそうだけど……」

三日月堂で現物は見ていたものの、かなり古いものだったから、色もかすれ、破れたりはげたりしているところもあった。こうして新たに刷られたものを見ると、その細かさがよくわかる。

「ベタ面もいいじゃないか。なんというか、オフセットとはちがう迫力がある」

「これはまだまだなんですよ。かなりムラがあるし……。もう少しなんとかしなくちゃいけない。印刷のときは大叔父も出てくるって」

「え、御大が？」

「そうなんですよ。木口木版の話をしたら、なんだか燃えちゃって」

悠生が苦笑いした。おおごとになってきたな……。御大まで出てくるとなると、下手はできない。だが、なぜか胸が高鳴るのを感じた。

火曜日、星空館から連絡があった。館の会議で特別版発行の許可が出たらしい。それどころか、価格は多少高くなってもいいから、なんとしてでも特別版を作れ、と館長から発破をかけられたそうだ。

特別版は三百部。版の状態を見てもう少し刷れそうなら五百部刷る、と決まった。早見盤の紙は、元の紙に近く、細い線がにじまずにくっきり出て、黒のベタ面がきれいにのる平滑な紙が選ばれた。

数日後、三日月堂に紙が届き、御大も川越に出てきた。印刷の日は武井さん、村岡さんと俺も三日月堂に行くことにした。

「木口木版か。明治から大正にかけてはよく使われていたらしいが、わたしたちのころにはもう写真製版が主流だったからね。刷られたものを見たことはあるが、手がけたことはない」

御大はルーペで版をじっと見た。

「いや、見事なもんだ」

顔を上げ、深くうなる。

「血が騒ぐな。まあ、まずは刷ってみるか」

声色と目つきが変わり、すうっと空気まで緊張した。

悠生が版を印刷機にセットし、裏側のインキ受けにインキを流しこむ。スイッチを入れると、ごおおおん、という音が響きローラーがまわりはじめる。

これが印刷の原形なんだな。なぜか気持ちが引き締まり、背すじがのびた。

ローラーがインキを練っている。

研修で教わったことを思い出した。印刷機の祖はグーテンベルクと言われている。型を使って版を複製するだけなら、グーテンベルク以前に木版画も金属版画も存在していた。彼が印刷技術の祖と呼ばれる理由は三つある。

ひとつめは金属活字だ。

文字をひとつひとつ分解し、それを組み合わせて文を作るという仕組みも重要だが、金属であることが決定的だった。木活字はひとつひとつを手で彫るしかないが、金属であれば、型をひとつ作れば、無数の活字を鋳造することができる。

さらに、活字の主成分は鉛だが、鉛だけではやわらかすぎて文字を刷ることはできない。錫やアンチモンなどを混ぜた合金にすることで強度が出る。この合金の配合を考えたのがグーテンベルクだった。

ふたつめはインキ。それまで使われていたインキでは金属にのらない。金属にのり、速く乾く油性インキを開発したのもグーテンベルクだ。

そして三つめはプレス機械。活字を紙に転写するには圧力をかける必要がある。グーテンベルクはぶどう搾り機を参考にして、印刷機を設計したのだ。

最初に刷られたのは聖書。それまでの聖書はすべて人の手による写本だった。数はかぎられていて、教会しか所有することができない。印刷の誕生によって、広く人々に開かれていった。

「よし、そろそろ刷ってみよう」

御大の声にはっとした。悠生がうなずく。弓子さんが紙を一枚御大に手渡す。版をあげ、圧胴の前に御大が紙を差し出すと、胴の下にすっと吸いこまれた。出てきた紙を取り出し、御大がじっと見る。

星座盤が印刷されていた。

「きれいですね」

村岡さんが息をつく。武井さんも無言でうなずいている。

だが、御大は納得がいかないようで、首をひねっている。

「ベタが全体にまだいまひとつだな。胴張りはこれでよさそうだが……。左側の圧が弱い。悠生、調整しろ」

御大に言われ、悠生は古めかしいつまみを少しだけ動かす。再びスイッチを入れ、インキを練る。版をあげ、もう一度紙を入れる。

「もう少し左側を強く。ほんの気持ちだけだ」

悠生がつまみを少し動かす。すべて自分の手で加減する世界だ。みな固唾を呑んで見守っている。何度も調整を繰り返し、ようやく満足のいく形になったらしい。御大がいったん機械を止めた。

刷りあがりを見つめる。黒い空。白い星。細い線で描かれた星座の絵。

「あとはお前がやれ。インキの状態から目を離すな。無駄はできない」

御大が低い声で言う。悠生はうなずき、印刷機の前に立つ。機械を回し、紙を手で差す。うちの会社の機械の前に立つところも見たことがあるが、表情が全然ちがった。険しく、緊張している。

だが……楽しそうだ。刷りあがりをチェックしている御大も、紙をさばく弓子さんも表情が生き生きと輝いている。

悠生の天職はやはりこっちなのかもしれない。

「印刷って、すごい仕事なんですね」

隣から村岡さんのささやく声が聞こえた。

「むかしはこんなふうにして刷っていたんですね、本でも雑誌でも新聞でも」

大きな音を立てて動く印刷機をじっと見つめながら言った。

「文字はずっと人類の歴史とともにあった。印刷はそれを広めるためのもの。知識としては知っていたけど、こうして目の当たりにすると、やっぱりすごい迫力ですねえ。こうやって人々の言葉を刷り続けてきたんですね」

武井さんもつぶやく。

印刷自体はよいものでも悪いものでもない。言葉と同じだ。権力、戦争、経済、教育、言論、表現活動。人類の姿そのものを映し出し、ずっとともに歩んできた。

ごおんごおんと音を立てて動く目の前の印刷機は、まだ限られた人しか印刷ができなかった時代の名残でもある。だからこそ重く、力強い。

パソコンが普及し、だれでも印刷ができるようになった。山のような活字や大きな印刷機がなくても、紙に文字を打ち出せる。声を発するように印刷物を作れる。

そのうちすべてがデータとなって、紙も印刷もいらなくなるのかもしれない。

俺たちが生きているのはそんな時代だ。印刷業界も変わった。これからもっと変わっていくだろう。それでも、俺たちの仕事はまちがいなく印刷の歴史につながっているのだ、と思った。

仕事が順調にまわりだしたところで、弓子さんが俺たちを二階に案内し、お茶を淹れてくれた。

「ありがとうございました。印刷機が動くところを見られて、感激しました」

お茶を手に取り、武井さんが言った。

「ええ、ほんとに。貴重な体験でした」

村岡さんもうなずく。下から印刷機が動く音が響いてくる。

「ほんとにきれいですねえ」

刷ったばかりの星座盤を見ながら、武井さんが目を細める。たしかに、前に悠生が見せてくれた試し刷りに比べて、ベタも黒くのり、細かい部分までくっきりとして、さらにうつくしかった。

「星座って不思議ですね」

弓子さんがつぶやいた。

「小さいころ、父から星座の話を聞きながら、いつも思っていたんです。星は見えるけど、星をつなぐ線なんてどこにもない」

「そうですよね。おおいぬ座、って言われても犬に見えなかったりして……」

村岡さんも笑った。

「だけど、遠いむかしからずっとその見方が伝わってきていて、わたしたちはずっとそういうものとして夜空を見てきた」

「そうですね、暦や方角を定めるのに重要でしたから。でも、星座は一種類だけじゃないんですよ」

「ああ、村岡さんはもともと日本の天文学の歴史が専門だからね」

武井さんが言った。

「中国の天文学では、空が『三垣』と『二十八宿』の三十一の領域に分けられていて、すべての星がこのどれかにはいるようになっていました。西洋の星座とはちがって、星ひとつだけの星座もあったんですよ」

「そうなんですか」

「日本でも、ある時期までは中国の星座をそのまま使っていたんです。前に、奈良のキトラ古墳の石室で天文図が発見されて話題になりました。そこに描かれていた星座は、わたしたちの知っている星座と全然ちがうものでした。中国の星座だったんです。だからそのころの日本人は、夜空をいまのわたしたちとはまったくちがうようにとらえていたんだと思います」

「わたしたちが見ているのとは別の空……」

弓子さんが宙を見上げた。

「そうなんですか。つなぎ方はひとつじゃないんですね」

「ええ。結局、国際天文学連合が西洋の考え方をもとに星座を統一したので、ほかの体系は廃れてしまったんですが」

いまとはちがう星の世界があった。

「つなぎ方でいろいろな形ができる、と思うと、活字と似たところもありますね」

弓子さんが言った。

「ひとつひとつの文字を並べて版を作る。そのままとっておくこともありますが、解版してまたばらばらにすることもあります。活字は活字棚のもとの場所に戻って、また別の文章の一部になる」

印刷所の壁に並んでいた無数の活字を思い出す。単体の文字が並び、言葉や文章を作り出す。解体され、また別の文章を作る。そのときどきでひとつひとつの文字の役割は変わっていく。

「父が言ってました。亡くなる少し前のことです。自分は印刷屋にはなりたくなか

った。もっと遠い世界、広い世界を見たかった。だけどよく考えると、印刷所は宇宙にとても似てる。印刷所で育ったから星空に惹かれたのかもしれない、って」

弓子さんはじっと星座盤を見つめた。

「そのときはよくわからなかった。だけど、いまは少しわかる気がします」

「星座と活字……」

村岡さんと武井さんもじっと星座盤を見る。

人は星を見て神話を思い描き、声を使って言葉を作った。それは世界への底知れない欲望とも言えるし、うつくしい希求とも言える。

「今回はありがとうございました。おかげでほんとうの復刻版を作れます」

武井さんが頭をさげた。

「いえ、こちらこそありがとうございます。活版印刷、こうして続けていますけど、時代遅れのものを使い続けることに意味があるのか、って、くじけそうになることもあるんです。でも、今回はむかしの版に命を吹きこむことができた。まだまだ役割はある、続ける意義がある、と感じることができました」

「あの……」

少し迷いながら弓子さんに言った。

「ここを継ごう、ってどうして決意されたんですか？　変な言い方ですけど、運命みたいなものを感じられたんですか？」

「運命ですか？」

弓子さんが目を見開いた。

「いえ、そんな大げさなことは……。それに、継ぐつもりはなかったんですよ。祖父は最初から自分の代でここを閉じるつもりでしたし、わたしも大学を卒業したあとはふつうに就職しましたし……」

「そうなんですか？」

驚いて訊いた。

「父の看病で会社を辞めざるを得なくなって、父が亡くなったあと、これからどうしよう、って……。この建物も、相続することになって、処分するかどうするか決めるために見にきただけだったんです」

「そうだったんですか」

村岡さんが言った。

「でも、ここにいたらなんだか落ち着いたんです。幼いころ住んでいた場所でしたから。それで、しばらくここに住もうって決めたんですけど、印刷の仕事をするつ

もりはなくて、ほかでバイトしてました」

弓子さんが少し微笑む。

「でも、職場にむかしの三日月堂を覚えている人がいて、その人にもう一度あのころと同じレターセットを刷ってくれ、って頼まれたんです。高校時代から手伝っていましたから、記憶を頼りになんとかレターセットを刷りました。そしたらその人がほかのお客さまを連れてきてくださって、だんだん依頼が増えていって……」

自分で決めて進んだ道じゃなかったのか。

「でも、いまはこの仕事でよかったな、って思ってます。ここでできるのは紙になにかを刷ることだけ。でも、できあがったものを見て、よかった、って言ってくださる方もたくさんいらっしゃいます。縁だなあ、って思うんです」

「縁……」

「ここに来たときは、やりたいこともないし、空っぽだった気がします。三日月堂を継いだことで、自分がまわりと繋がってる、って思えるようになった」

「印刷のこともですけど、ここに早見盤の現物があったなんて……。お父さまが天文学を学んでいたことも含めて、これもなにかの縁ですね」

武井さんが言った。

「星空館、父にとっては思い出の場所ですから、こうして協力できて喜んでいると思います。わたしが生まれる前に母とふたりで行ったこともあったみたいですし、わたしも何度も連れていってもらった。なんとなく、あのときがいちばん父の近くにいられた気がします。父もわたしもおたがいの顔なんて見ずに、星を見ていただけなのに」

じっと目を閉じる。

「だから、星空館にはずっとあそこにあり続けてほしいです」

「そうですね、がんばります。うちも閉館を考えたことが何度もあったんです。でもがんばりますよ。星空館での思い出を大切にしてくれるお客さまのためにも」

武井さんは力強く言った。

6

結局、星座盤は五百枚刷ることができた。外側の紙の加工も終わり、サンプルが届いた。手にしたとき、いつもとはちがう充実感を覚えた。

武井さん、村岡さん、悠生、弓子さん。御大に昌代さん、今泉さん。もう亡くな

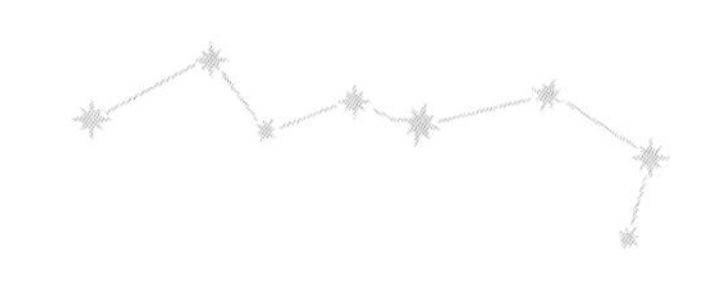

った弓子さんのお父さん。いろいろな人がかかわって、この小さな早見盤が出来上がった。

外側の紙の窓から星座盤が見える。

漆黒の空に星がきらめく。くるくる回すとさまざまな星座が現れる。

すごくきれいだ。

少しでも早く武井さんと村岡さんにサンプルを見せたくて、星空館に電話をかけた。武井さんは出張でいないが、村岡さんは遅くまでいると言う。仕事を早めに片づけ、サンプルを持って星空館に向かった。


「すごくきれいですね」

サンプルを見せると、村岡さんは目をかがやかせた。

「武井もきっと喜びます」

にっこり笑った。

――がんばりますよ。星空館での思い出を大切にしてくれるお客さまのためにも。

武井さんの言葉を思い出す。

弓子さんは家族といっしょにここに来たと言っていた。星空館から見たら、彼らは一組の客にすぎない。だが、彼らには彼らの人生があった。みんなそうだ。現実の世界には主役とか脇役とか観客とか、そんなものは存在しない。あたりまえのことだ。

村岡さんは早見盤を上に掲げ、ゆっくりと回転させている。

「そうだ。プラネタリウムのなか、今日工事が終わったんですよ」

しばらくして、村岡さんは早見盤から目を離し、こっちを見た。

「新しくなったところ、見ていきますか?」

「いいんですか?」

「ええ、もちろん」

村岡さんは早見盤を手に、部屋を出た。

バックヤードから館の入口に出る。ここもほぼ工事を終え、オープンを待つばかり。入口の右側にショップスペースが広がっている。まだものは置かれていないが、星座早見盤もあそこに置かれるのだろう。

村岡さんがプラネタリウムの扉を開ける。重い扉が開く。電気をつけると、以前より大きくなったドームが広がっていた。真ん中に大きな投影機。客席の数も増え、青い真新しい椅子が並んでいる。

「広くなりましたね」

「ええ。投影機も新型に換わりました」

村岡さんが投影機のそばに立ち、ドームを見上げた。

「わたし、子どものころからよくここに来てたんです。プラネタリウムが好きで……。というか、宇宙が好きだった。ちょっと夢見がちな子だったんですよね。宇宙に行きたかったんです。宇宙飛行士になりたかった」

村岡さんが恥ずかしそうに言った。

「宇宙飛行士？」

いまの彼女からは想像もつかない夢だ。

「体力が必要だってわかって、早々にあきらめたんですけど……。それで、次は天文学者になりたいと思った。けど、数学も物理も苦手で、これも無理だな、って」

村岡さんが、ははは、と笑った。

「仕方なく夢はあきらめて、大学も文系に進みました。日本の美術史を専攻したんですが、そしたらそこにいらしたんですよ、江戸時代の天文学の歴史にくわしい先生が。それで、その先生のゼミにはいって……」

「夢が少しかなった」

「そうなんです。研究しているうちにそっちが楽しくなって、大学院に進みたかったけど、親にいい顔はされなくて。うちもそんなに裕福なわけじゃないので、ふつうの会社に就職したんです」

そういえば前に、大学を出てしばらくは星空館ではない別の会社にいた、と聞いたことがあった。

「でもあまりうまくいきませんでした。有給を取って、ぼんやり街を歩いて、気がついたら星空館の前にいました。なんとなくはいってみたら平日の昼間だったからがらがらで。上映がはじまって、ドームの夜空をながめているうちにわけもなくうわーっと涙が出てきて……。疲れてたんですね、きっと」

村岡さんが苦笑する。

「で、帰りがけ、入口の近くで『事務員募集』の貼紙を見つけたんです。急いで応募したら受かって、前の会社より給料は少なかったけど、転職しました。事務員をしながら勉強会にも参加して、大学で江戸時代の天文学を学んでたことを話したら、番組を作ってみないか、って言われて……」

「そんな経緯だったんですね。知らなかった」

「プラネタリアンの仕事も楽しかったし、夢をかなえた気もしてました。でも、だ

んだん、これじゃないな、って感じるようになって……。星空館のことをもっと多くの人に知ってもらいたい、多くの人に来てもらいたい。そのために働きたいな、って」

「だから広報に？」

「はい。子どものころから好きだった、ここでぼうっと星空をながめるのが。ここも子どものころとはいろいろ変わりましたけどね。でもずっと星空を映している。その場所を守りたかった」

――営業って、それを現実の社会につなげる仕事でしょう？　顧客がなにを求めているか総合的に考えなきゃならない。

悠生の言葉を思い出す。その通りだ。俺たちの仕事は形になって残ることはない。でも、求める人とつながらなければ、仕事は成立しない。みんなつながりのなかで生きている。

なにも映っていないドームを見上げる。村岡さんもドームを見上げている。子どものころの村岡さんの姿が目に浮かぶ気がした。ここの椅子に座って、ただじっと星空をながめている。

「村岡さん」

「はい」

「前からちょっと気になっていたんだけど、村岡さんの名前って『深雪』ですよね？　川越生まれで、雪とは関係ないのに。どうして『深雪』なんですか？」

「ああ、そのこと……」

村岡さんがくすっと笑う。

「母方の祖母が雪国の生まれだったんです。上越です。結婚してすぐのころ、両親がお正月に祖母の実家を訪ねたときに見たんだそうです。家の一階を埋めてしまうような雪を。それが記憶に残っていて……」

「そういうことだったんですね」

「わたしはまだ行ったことがないんです。雪国ってあこがれるんですよね。名前のせいなのかな。真っ白な雪を踏んで歩くのとか、かまくらとか……」

電車のなかで見た雪あかりのポスターが頭に浮かんだ。

いつか、行ってみようか、村岡さんといっしょに。雪の積もった街を歩いて、かまくらに灯った光をながめる。

「俺の実家のある盛岡は上越ほどの雪国じゃないですけど、『もりおか雪あかり』っていうイベントがあるんですよ。たくさんかまくらが並ぶんです。俺もまだちゃ

んと見たことがないんですが……」

今度いっしょに行きませんか、と言おうとして、言葉を呑んだ。

なに言ってんだ、どうするんだ、俺。

「素敵ですね。わたし、前から盛岡に憧れてたんです。宮沢賢治の『銀河鉄道の夜』もあるでしょう？　盛岡で星空を見たら、どう見えるんだろうって……」

「じゃあ、今度行きませんか」

勢いで言っていた。

心臓があとからどきどきしてくる。これで勝負が決まってしまう。目をそらし、うつむく。後悔はない。ほんとうはずっと前から思っていたことだ。

「行きたいです」

村岡さんの声が聞こえた。はっと村岡さんの顔を見る。

「いいんですか、村岡さんのお祖母さんのご実家じゃないですけど……」

あわてて答える。いや、そういうことじゃないだろう、訊くべきなのは。

「いいんです。長田さんの生まれた街も見てみたいですから。前に川越の街を案内しましたよね。そのときからずっと思ってたんです。それに……」

村岡さんが少し微笑む。

「祖母の実家にも……そのうち行きたいです。いっしょに……」

ええっ、と思った。

口がぱくぱくするだけで、言葉が出てこない。

なにも映っていないドームを見あげた。

俺たちのあいだにも線があるのだろうか。星座を作る線のようなものが。

いや、結ぶんだ。自分で決めて、自分で結ぶ。

「わかりました。じゃあ、行きましょう」

意を決して言った。

「はい」

村岡さんが笑顔でうなずき、早見盤をドームにかざす。横からいっしょに早見盤をながめ、輝く星と、星をつなぐ線を思い描いた。

街の木の地図

1

「嘘でしょ、なんで草壁くんと……」

朋花からの電話に思わず声をあげてしまった。

「仕方ないじゃない、つぐみが休むからだよ」

「わたしだって好きで休んだわけじゃないんだよ。インフルエンザで……」

「こっちもどうしようもなかったんだよ。休んでる人がちょうど三人だったから、立花先生が、じゃあ、休んでる三人を一グループにしましょう、って。出席してる人はその場でグループを組んで、計画だけは決めなくちゃいけなかったし」

朋花が申し訳なさそうに言った。

「ごめん、朋花のせいじゃないのはわかってるんだけど……。ただ、なんでよりによって草壁くんなのかな、って」

わたしは大きくため息をついた。

草壁彰一。ゼミのなかでいちばん苦手な男。自信家で、だれに対しても見下したような態度を取る。しかもマイペースで、授業も出たり出なかったり。遅刻常習犯で、授業が終わるぎりぎりにやってくることも多かった。

「つぐみが草壁くん苦手なのは知ってるし、女子はみんなつぐみに同情してるよ。もうひとりも安西さんだし、苦労しそうだよね……」

「安西さんか……」

もうひとりの安西明里は、身体が弱いのか、授業を休みがちな子だった。背がひょろっと高く、やせていて、動作もしゃべり方もゆっくりしている。仲のいい友だちもいないようで、なにを考えているかよくわからない。

春休み課題の出来は四年前期の成績にかかわるというのに、このメンバーでは絶対うまくいくわけがない。絶望的な気分だった。

「とにかく、ほかのグループはみんな授業中に雑誌のテーマや取材の日程を決めたから。できるだけ早く集まって、なにやるか決めた方がいいよ。販売日は三月の二週目の土日だからね。二月末までには原稿を仕上げて、印刷所に頼まないと」

「集まる、って言ったって……。草壁くんと安西さんでしょ。集まるかな……」

途方に暮れる。

「大丈夫だよ、今日か明日には立花先生からみんなに連絡がいくと思うから。資料もあるし、課題をちゃんと説明しなくちゃいけないから、最初は立花先生もいっし

ょらしいよ」
先生がいるなら集まりはするだろう。でもあのふたりとどうやって話をまとめればいいのか。朋花はなぐさめてくれたけれど、気休めにしか思えない。憂鬱な気持ちで電話を切った。

わたしが所属する立花ゼミはメディア表現が専門で、三年から四年にあがる春休みに、毎年グループ制作の課題が出る。ゼミ生が三人ずつのグループに分かれ、雑誌を作るのだ。

自分たちで取材し、写真を撮り、文章を書き、編集し、印刷所に発注して雑誌を作り、販売する。

——文章を書いたり写真を撮ったりパソコンで編集したりすることが雑誌作りだと思っているかもしれないが、それはちがう。お金をかけて印刷し、販売する。そこまで含めての雑誌作りなんだ。

前の授業で先生はそう言っていた。毎年恒例の課題なので、去年の先輩たちの話も聞いている。街を題材にした雑誌で、扱う街は毎年変わる。その街にかかわるものであれば、形態、ページ数、テーマなどはすべて自由。

印刷所も自分たちで探すことになっているが、先輩たちから安い印刷所を教えてもらっているので、たいてい同じところに頼む。

そして販売。先生が定めた店でゼミ生自身が売り子に立ち、週末二日間の販売会を行う。会場は、雑誌のテーマになっている街のお店。年によってちがうが、立花先生の知り合いの店で、古本屋さんやカフェのようなところが多いらしい。

販売部数も評価対象になる。知り合いや親戚に買ってもらうのでは勉強にならないので、評価の対象になるのはこの販売会で売れた数だけ。ただし、親戚や知り合いがその街まで足を運んで買ってくれたのであれば、数に入れていいらしい。

授業の一環なので、儲けはなし。制作原価÷印刷部数にしなければならない。すべて売り切ってとんとん、売れ残れば赤字だ。印刷部数は百部以上という規定だが、売れ残りをおそれて、たいてい百部しか刷らない。

事前宣伝もゼミ生が行う。その店に貼ってもらうポスターを作ったり、ネットで宣伝したり。雑誌のテーマになっている街で売るので、関心を持ってくれる人もいるらしく、二日間の販売会ですべて売り切ったグループもあるらしい。対して、これまでの最低販売部数は三部である。

一ヶ月で編集までしなければならないのでスケジュールはきついし、就活とも重

なる時期でいろいろ大変だが、やってみたら楽しかった、このグループ制作が立花ゼミ最大のイベントだった、と言う先輩も多かった。

だから、今年の三年もみんな少しおびえながらも楽しみにしていた。すでに自分でZINEを作ったことがあるというゼミ生もいて、この課題のために立花ゼミにはいったのだ、と張り切っていた。

だけどわたしは……。

子どものころから本を読むのが好きで、いつか自分でもお話を書きたい、と夢見ていた。小学校のときに作文コンクールで入賞したこともあり、文章を書くことにはそれなりに自信を持っていた。

だが、大学にはいって気づいたのだ。わたし程度の人はたくさんいる、ということに。

書きたいこともなにひとつなかった。書きたいという気持ちだけはあるが、いざ書こうとするとなにも思いつかない。自分のなかには「書きたいこと」も「書くべきこと」もないのだ、と悟った。

なんでわたしはいままで自信を持ち続けていたんだろう。作文コンクールで入賞したから？　そんな小さなことじゃないはずだ。自信の根拠を探すうち、親がいつも褒めてくれていたからというだけなんじゃないか、と気づいた。

なぜか『星の王子さま』のバラのことを思い出した。

サン＝テグジュペリの『星の王子さま』。いつかこんな本が書けたら、とずっと憧れていた本だ。

王子さまは小さな星に住んでいて、その星には一輪のバラが咲いている。王子さまはそのバラがたったひとつのうつくしいものだと信じている。だが星を出て旅をするうち、地球でたくさんのバラに出会って、自分のバラはたったひとつなんかじゃなかったんだ、と気づいて泣く。

まさにそういう気分だった。わたしはひとりっ子で、比べられるきょうだいもない。父も母もわたしのすることはいつも褒めてくれた。だから、わたしは自分が「世界でたったひとりの自分」であると勝手に信じこんでしまっていた。

ただ、それだけのこと。

そろそろ就活もはじまるし、自分になにができるんだろう、と考えると怖くなる。語学もダメ。パソコンも満足に使いこなせない。このままでは企業から役に立つ人間とはみなされないだろう。

草壁くんが苦手なのは、根拠なく自信を持っていたころの自分を思い出すからか

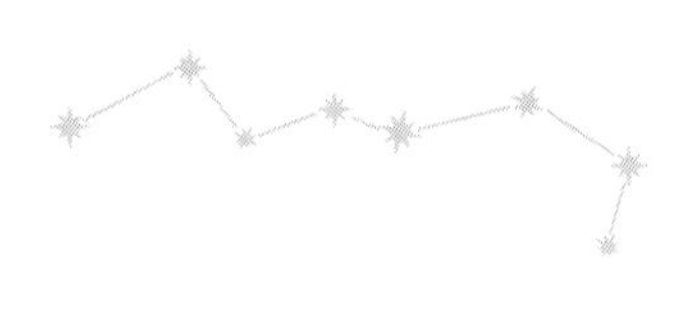

もしれない。ああ、でも、草壁くんはネットやパソコンにはすごくくわしいと聞いたことがあるから、自信の根拠がないわけじゃないのかもしれないなあ。
心なしか頭も痛くなってきて、インフルエンザがぶり返したか、と思ったが、はかってみると熱はなかった。
朋花が言っていた通り、立花先生からはその日のうちに連絡があった。まずは相談のために一度大学に来てほしい、とある。インフルエンザであと三日は外出できないことと、その後の日程のことを書いて返信した。草壁くんと安西さんからも返事があったらしく、相談の日時は四日後の金曜と決まった。

2

金曜日、立花先生の研究室に行った。草壁くんと安西さんもちゃんと来ている。ふたりともスーツ姿で、これから就活関係でなにかあるのかもしれない。ともあれ、まずは第一関門突破で、ほっと胸をなでおろした。

先生がレジュメをもとに課題の概要をひととおり説明した。

「今年扱う街は川越。川越を扱ったタウン誌はいろいろあるので、とりあえずこのあたりを参考にして……」

立花先生が雑誌を数冊机の上に並べた。

「これ、借りてもいいですか」

草壁くんが訊いた。

「ああ、一冊だけね。どのグループも一冊ずつ持っていったから。あとは気になるものがあったら、自分で購入すること」

立花先生が言った。

「はあ……」

草壁くんは退屈そうに雑誌をめくる。先生に対しても偉そうで、ブレない姿勢に恐れ入った。安西さんの方は、並べられた雑誌を手に取り、無表情にながめている。

「まあ、だいたいわかりました」

草壁くんが立ちあがる。

「え？　質問とか、ないの？」

呆気にとられたような顔で、先生が言った。

「要するに、川越の街をテーマに雑誌を作ればいいわけですよね」

「まあ、そうだけど……」

「川越を扱ってれば、あとは自由なんですよね」

そう言ってレジュメをカバンに突っこむ。

「まあ、そうだな。安西さんと豊島さんは？　なにか質問、ある？」

先生は困ったようにわたしたちを見る。

「とくに……ありません」

安西さんは無表情にそう答えた。

「えーと、あの……。雑誌のことじゃないんですけど、販売会の前に事前宣伝をすることになってるんですよね。そちらはどうすれば……？」

わたしは訊いた。

「ああ、レジュメに書かなかったね。授業に出席していたなかで役割を決めたんだ。ポスターは大野さんたちが作ってくれるらしい。あとはネットでの宣伝で、こっちは古城くんのグループが取り仕切るみたいだから、そのうちだれかからメールで指示があると思うよ」

「古城たちから言われたこと以外は、なにもしなくていいんですね」

「まあ、そうだね。でも、みんなの自主性にまかせてるから、君たちの方で思いついたことがあったら提案してもいいんだよ」

「わかりました。あと、すみません、雑誌を……」

わたしはあわてて言った。

「ああ、そうだったね。好きなの一冊選んで。この『めぐりん』って雑誌はけっこうよかったよ。めずらしい情報が載ってる。授業のあと見つけた雑誌だから、ほかの学生は見てないし」

「そうなんですか。じゃあ、これにします」

わたしはめぐりんを手に取った。

「ほかには？」

先生がわたしを見る。まだ不安だ。訊いておくべきことがあるような気がしたが、草壁くんがとにかく早く出ようと荷物をまとめているので、落ち着かない。

「まあ、わからないことが出てきたら、そのときメールで訊いてくれてもいいし。あとは取材の日とか、自分たちで決めて進めていって」

立花先生が言うと、安西さんも帰り支度をはじめた。

「わかりました」

心細かったが、そう答えた。

研究室を出たあと、三人で学内のカフェに寄った。いつもは空いている席を見つけるのが大変なほどだが、休みにはいっているのでがらがらだった。

「これってさ、ぶっちゃけ取材に行かなくてもいいんじゃない？」

窓際の席に座るなり、草壁くんが言った。

「それでどうやって雑誌作るの？」

「ネットで情報拾えると思うし……。それに、行けばいいってもんじゃないだろ？　みんな現地で写真撮ればなんとなくそれっぽいものができると思ってるみたいだけど、大事なのはまとめ方だろ？　インスタじゃないんだよ、雑誌は」

草壁くんが偉そうに言う。

「でも、ネットで調べたものを貼り合わせるだけっていうのも違うんじゃない？」

「まあねえ」

草壁くんがさっき借りてきためぐりんをぱらっと開く。なぜか最後の方のページで手をとめ、読みはじめた。

「これ、面白そうだな。川越の水運の話」

つぶやくように言った。

「水運？」

「江戸時代、川越は水運で栄えてたみたいだね。これとか、あんまり知られていないだろうし、調べたらけっこう面白いかもしれないよ」

草壁くんが開いたページを安西さんとながめた。

江戸時代、川越は水運で浅草と繋がっていた。新河岸川には日々荷物を運ぶ船が行き交い、二日で日本橋まで往復する特急便まであった、とある。

「街の名所だのおいしい店だのはどうせほかのグループがやるに決まってるし、俺たちには向いてない」

俺たちってだれのこと？　それって、「俺」だけじゃないの。そう言いたくなったが、あやうく呑みこむ。

「下手に現地に行くより、図書館で資料に当たった方がいいと思うんだよね」

へ理屈もいいところだ。要するに、草壁くんは一日使って川越に行くのが面倒だと思っているのだろう。もちろん、正直わたしだって草壁くんと一日いっしょに行動するのは気が重いが。

「でも、立花先生は現地で取材しろ、って言ってたよ」

「豊島さんはマジメだからな」

草壁くんがはあっとため息をつく。

「だいたい、ほんとに川越の水運のこと調べるつもりなら、そういう資料って、地元の図書館の方があるんじゃない？」

「いや、それはちょっと思いついたから言ってみただけで……」

もごもご口ごもる。

「それに、取材に行ったら、今回の販売会場になる古本屋さんに挨拶に行け、って先生に言われたでしょ？」

「ああ、それがあったか」

草壁くんはまたため息をついた。

「じゃあ、まあ、仕方ないな。とりあえず川越に行くしかないか」

しぶしぶのように言う。日程を相談し、明後日の日曜に行くことになった。十時に池袋駅に集合。それから東武東上線で川越に向かう。

「あとの話はそのときでいいよな」

草壁くんが言った。

「ほかの班は資料見ながらだいたいなに調べるか授業中に決めた、って……」

わたしは言い返した。安西さんはなにも言わず、雑誌に目を落としているだけ。

この三人で雑誌作りなんてできるのだろうか。

最低販売部数三部だったグループは、直前までなにも決まらず、苦しまぎれのコピー本だったらしい。メンバーがそれぞれその街の感想を書いたものをコンビニでコピーして、ホチキスで留めただけ。

それでよく三部も売れたと思うが、考えたら買ったのはメンバーの三人なのかもしれない。でも、もしなにも提出できなかったら、販売部数ゼロ。最低伝説が更新されてしまう。それだけはいやだ。

「いいじゃないか。雑誌見ただけじゃ、イメージわかないしさ。こういうのは流れだよ、流れ」

「そういうノリだけで行くのは危険だ、って先輩言ってたよ。下調べなしで行くと、向こうに行ってもなにをしたらいいかわからなくて途方に暮れるだけだ、って」

「面倒だな、もう……」

草壁くんが不機嫌な顔になった。

「いまは雑誌もこいつしかないし、見たってどうせなにもわからないよ。じゃあ、こうしよう。日曜までに各々下調べして、電車のなかで相談する。で、みんなの案のなかでよさそうなところに行く」

雑誌がめぐりんしかないのは事実で、たしかにこれだけでは決められないかもし

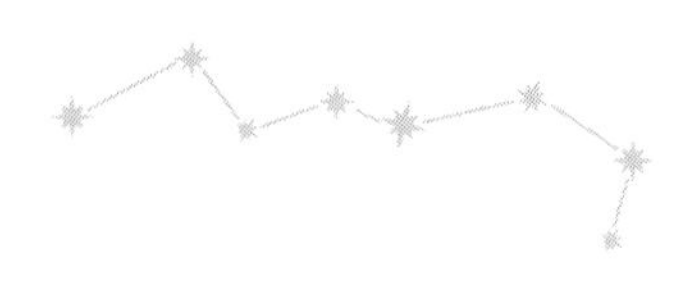

れない。ふたりともこのあと就活関係の予定があるようで、少し急いでいるようだったし、わたしもバイトがはいっている。
結局めぐりんはわたしが持ち帰り、草壁くんと安西さんはそれぞれ別の方法で日曜までに下調べをすることになった。

そのあとは「星空館」に行った。大学の近くのプラネタリウムだ。春休みのあいだ、ここでアルバイトすることになっていた。

星空館は大規模な改築工事のため秋から休館になっていたのだが、明日の土曜日にリニューアルオープンする。その後の混雑を見越してだろう、短期バイト募集が出ていたので申しこんだのだ。

わたしの仕事は入口近くにあるショップの売り子だ。このリニューアルでショップスペースも大きくなり、扱う商品の種類も増えた、と聞いた。明日のオープンに備え、今日は商品を覚える研修が行われることになっていた。

時間より少し早く星空館に着いた。新しいショップにはすでに商品が運びこまれている。研修がはじまり、レジの打ち方や商品の内容が説明された。

「とくに、これのことを覚えておいてくださいね」

星空館の村岡さんという女性スタッフが、レジの横の円盤を取りあげる。

「わあ、素敵」

アルバイトたちがどよめく。村岡さんが手にしていたのは星座早見盤だった。

「これ、なにかわかりますか」

村岡さんが近くにいたわたしに訊く。

「星座早見盤……ですよね」

わたしは答えた。まちがいない、形は星座早見盤だ。でも、ふつうのものとはちがう。アンティーク調で、星座盤の絵柄も精巧で……。飾っておいてもいいくらい、うつくしかった。

「そう、星座早見盤です。ただ、これは特別なものなんです。この星空館ができた当時に限定販売されたものの復刻版で……」

村岡さんが商品の説明をはじめる。なかの星座盤がいまではめずらしい木口木版というもので刷られていること、復刻版には、特別版と通常版の二種類あって、特別版はこの木口木版を使って活版印刷機で刷られている、ということ。

しばらくは印刷に使われた木口木版が早見盤の横に展示されるらしい。ガラスケースのなかに版が置かれ、一部をルーペで拡大できるようになっていた。のぞいて

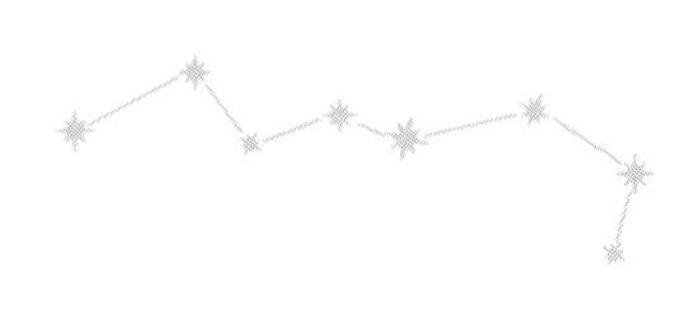

みると、小さな文字や目盛りまで手で彫ったもののようで、とても精巧だった。

「通常版は今後も追加で作ることができますが、特別版の方はもうこれ以上刷ることはできません。いまあるものが売れたら終わりです。説明はこのボードに書かれていますので、お客さまに質問されたら、そのように伝えてくださいね」

村岡さんがボードを指した。木口木版の印刷は、川越にある三日月堂という活版の印刷所で行われた、とある。

以前テレビで活版印刷が紹介されていたのを思い出した。古くなり、廃れた技術と思われていたが、いま再評価され、若い人たちのあいだで人気が高まっている、などと報じられていた。

川越か……。ゼミの課題を思い出す。草壁くんと安西さんの顔が浮かんで、ため息をつきそうになった。

翌日の土曜日は朝からバイトに出た。プラネタリウムは一度にはいれる人数が限られている。事前にネット予約できるシステムにしたところ、今日のチケットはすでに完売らしい。

チケットで上映回も指定され、番号順に呼ばれるので館の入口前に待機列ができることはない。だが、館内はかなり混雑し、カフェは満席、ショップにも人があふれた。おかげでわたしたちも休む暇もなかった。

とくに星座早見盤は飛ぶように売れた。特別版は通常版の三倍以上の値段で、こんな高いもの売れるのかなあ、と思っていたが、びっくりするほど売れた。サイトで告知されていたので、特別版目あてで来場した人もいるようだった。

バイトが終わったあと、わたしも一枚、早見盤を買った。もちろん通常版だ。特別版は高くて手が出ない。でも特別版とのちがいはなかの星座盤だけで、外側は同じ。じゅうぶんうつくしく、満足だった。

忙しかったせいでへとへとだった。帰りの電車でもうとうとし、家に帰ってごはんを食べたらすぐ寝落ちしそうになったが、明日は川越取材。なにもしないわけにはいかない。ベッドに横たわり、借りてきためぐりんをめくった。

めぐりんはふつうの旅行雑誌と少しちがった。街に住んでいる人も楽しめる、というコンセプトらしく、旅行雑誌では扱わないようなめずらしい記事もたくさん載っている。立花先生がこの雑誌をすすめた理由がわかった気がした。

醤油の製造元、川越唐桟という織物、代々続く桶職人、のこぎり職人、判子職人に、伝統建築を補修する人々。古い映画館はいまも営業し続けているし、古い建物

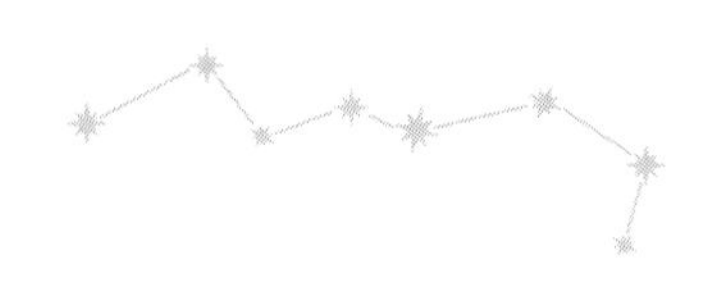

でカフェや雑貨屋など新しいお店を開く人もいる。

川越って面白い街なんだなあ、と思っていたとき、はっと手が止まった。

三日月堂の月野弓子さん。

活字の棚の前に立つ女の人の写真が載っていた。三日月堂……？

早見盤の説明でその名前を見たような気がして、カバンから早見盤を取り出し、裏側を見た。ボードと同じ説明が早見盤の裏側に印刷されているのだ。思った通り、早見盤印刷の経緯に三日月堂という名前が記されていた。

めぐりんの記事を読みはじめる。印刷所を営んでいるのは、写真に写っているこの女性らしい。三十歳くらいの人で、祖父の印刷所を継いだ、と書かれていた。

活字の棚や印刷機の写真も魅力的で、川越に行ったらここも見たいなあ、と思った。見学やワークショップも事前に連絡すれば受けつけてもらえるようだが、さすがに今日はもう遅い。それに、ひとりで勝手に決めるわけにもいかない。

外から見るくらいはできるかなあ。ぼんやりそんなことを考えているうちに、いつのまにか眠ってしまっていた。

3

次の朝はうっかり寝坊してしまい、あわてて池袋駅の東武東上線改札口に向かった。結局十分ほど遅刻して到着したが、待ち合わせ場所にはだれもいない。スマホを見ると、安西さんから少し遅れるという連絡がはいっていた。

ひとりぼんやり待っていると、安西さんがやってきた。電車に乗っているあいだに気分が悪くなり、一度途中の駅で降りてベンチで休んでいたらしい。

「これからまた電車乗るけど、大丈夫？」

「酔ったわけじゃないから大丈夫。低血圧だから朝はいつもこうなの。休んで、自販機でジュース買って飲んだら気分よくなった」

小声で言って、申し訳なさそうに微笑んだ。身体が弱いっていうのはほんとうらしい。それに、スマホでちゃんと連絡してくれたし、そんなにわけのわからない子でもないのかもしれない。いまの笑顔を見て、少しほっとした。

問題は草壁くんだ。時間を決めたのは草壁くんなのに、三十分過ぎても現れない。連絡もない。待ちくたびれて、スマホからメールを送った。

——もうすぐ着く。先に改札はいってホームに行ってて。

なぜか謝罪ではなく、指示出しのメールが返ってくる。先に？　どうして？　心のなかで文句をぶつぶつ言いながら、言われた通り改札を抜け、ホームに上がった。

——ホーム、どのあたりにいる？

すぐにまた草壁くんからメールが来る。真ん中あたり、と答えたとき、草壁くんが階段を上がってくるのが見えた。

電車はまだ来ない。内心、わたしたちなんで先にホームに行かされたの、と思ったが、そこには触れず、ただ、おはよう、とだけ言った。

どこに行くか電車で相談するということになっていたのに、草壁くんは案の定、なにも調べてきていなかった。こういうのは直感が大事なんだ、などと言い訳じみたことを言っている。

安西さんの方はパソコンからプリントした資料を何枚か持ってきていた。伝統建築について調べたみたいで、建物がいくつかピックアップされている。

「でも、どうかな？　川越って言ったら蔵造り。そんなのみんな知ってるからな。建物のこともどっかのグループが必ずやるだろうし」

自分はなにも調べてないくせにダメ出しかよ！　突っこみを入れたくなるが、文句を言うと余計面倒なことになりそうなので、じっと黙った。

「そうだよね。だれでも考えそうだもんね」

安西さんは簡単に引き下がってしまう。

「豊島さんは？　なんか調べてきた？」

自分はなにも調べてないくせに仕切るなよ！　またしても突っこみたくなるが、ぐっと我慢。カバンから星座早見盤とめぐりんを出し、三日月堂の話をした。

「活版印刷？　見せてくれる？」

安西さんは興味を持ったようで、星座早見盤を指した。

「これは通常版なんだけど……。星空館には特別版もあるんだよ」

わたしは安西さんに早見盤を手渡し、木口木版のことを説明した。

「きれいだね。これでもじゅうぶん素敵」

安西さんはつぶやきながら、早見盤を回した。

「ちょっとその記事、見せて」

草壁くんがめぐりんの方を指し、手渡すなりそのページを読みはじめた。

「この早見盤の絵、星だけじゃなくて、星座の絵がはいっているんだね。細かくて、

ほんとに素敵。これ、星空館で売ってるの？」

安西さんが訊いてくる。

「そう。星空館、行ったことあるの？」

「うん、プラネタリウムけっこう好きで、いろいろ行ってる。星空館、いいよね。番組が充実してるし」

「そうなんだ。今度リニューアルしたんだよ。いまは混んでてネットで予約しないとはいれないいんだけど、いつか来て。春休み中はバイトでけっこうショップにいるから……」

「この三日月堂って印刷所、よさそうじゃないか」

横から草壁くんが口をはさんできた。

「え？」

意外な言葉にちょっと驚く。

「別に川越が活版印刷の街ってわけじゃないけどさ。機械とか活字とか、なかなかほかでは見られないいし、活版印刷っていま話題なんだろ？　この雑誌はみんな見てないみたいだから、どこかとかぶるおそれもないいし」

「わたしも行ってみたい」

　安西さんも言った。

「そうなの……？　もちろんわたしも興味あるから、行くのはいいけど……。見学とかワークショップとか、事前に連絡すればできるみたいだよ」

　わたしは記事の端を指した。

「で、連絡したのか？」

「してないよ」

「なんで？」

　草壁くんは咎めるように言った。

「だって、これ見つけたときはもう夜遅かったし……」

「メール出しときゃ、朝見て返事くれたかもしれないじゃないか」

「でも、まだふたりに相談してなかったから……」

「それもメールすりゃいいだろ？　まあ、いいよ、いまから連絡しよう。もしかしたら、当日でも受けてくれるかもしれない」

「でも、電車のなかだよ」

「メールすりゃいいだろ？　ここにアドレス書いてあるんだから」

　草壁くんはスマホを出し、すごい勢いでメールを打ちはじめた。わたしが見つけ

たのに、なぜ叱られなくちゃいけないのか。釈然としない。

「よし、できた」

草壁くんは満足そうに言った。

そんなにすぐに返信が来るんだろうか、と思っていたが、電車を降りる前にメールが返ってきた。今日はすでに仕事がはいっていてワークショップはできないが、見学なら可能だと言う。川越に着いて、すぐに三日月堂に行くことになった。

草壁くんが三日月堂の場所を調べ、川越市駅から歩いた。仲町交差点を左に曲がり、右側の細い路地にはいる。めぐりんで見た醬油屋さんの建物を通り過ぎ、左に曲がる。めぐりんの記事にあったような、白くて四角い建物が見えた。

「あそこかな」

三日月堂という看板が出ている。わたしは入口に近づいた。ガラス戸の向こうに活字が透けて見えた。壁一面の活字。うわあ、と声が出そうになる。

「これはすごいな」

うしろから草壁くんの声がした。

「なかなかいい。ちょっと豊島さん、そこ、どいて」

手を横に振り、スマホをかまえる。写真を撮るってことなんだろう。しぶしぶ横にどいた。パシャッと音がする。角度を変えて何枚も入口の写真を撮っている。

「じゃあ、行こう」

草壁くんは今度はガラス戸に手をかけ、開けた。なかにいた人たちがふりむく。男性がふたり、女性がふたり。

女性のうち片方は写真で見た弓子さんだった。もうひとりはわたしたちより若い。高校生くらいに見える。男性は、ひとりはわたしたちより少し上、もうひとりは三十代半ばくらいの人だった。みんなで机を囲んでなにか相談している。三日月堂は弓子さんひとりで営んでいると書かれていたから、ほかはお客さんだろうか。

「すみません、メールした草壁ですが」

草壁くんは臆さず言った。

「ああ、草壁さん。いらっしゃいませ。見学……でしたよね」

弓子さんが立ちあがり、こっちにやってくる。

「はい。急な申しこみですみません」

草壁くんは意外に礼儀正しくそう答えた。

「見学だけでしたら大丈夫ですよ。すみません、ちょっと案内してきます」

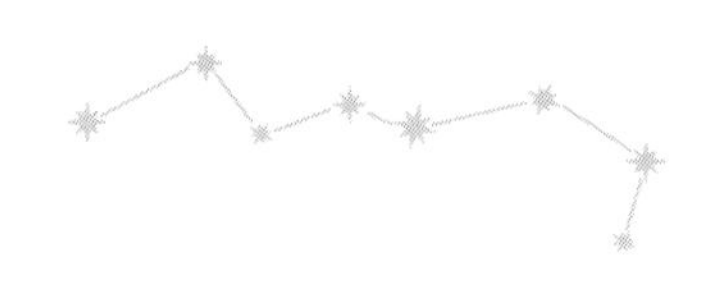

弓子さんは机のまわりの人たちにそう言って、ぺこっと頭を下げた。

「あ、じゃあ、少し休憩にしましょうか」

年齢が上の方の男の人が言った。

「そうですね。けっこう疲れましたし」

若い方の男の人が肩を回す。

「わたし、お茶淹れてきます」

女の子が立ち上がって、階段をのぼっていった。

「すごいですね、この棚も機械も。めぐりんの写真でも見ましたが、実際に見ると迫力が全然ちがいます」

草壁くんが言った。

「めぐりんを見てくれたんですね」

弓子さんが少し恥ずかしそうに言う。

「はい。あと、こちらの……」

わたしはカバンから星座早見盤を出した。

「あ、星空館の……」

弓子さんはぱっとうれしそうな顔になった。

「早見盤、買ってくれたんですね」

年齢が上の男性も立ち上がり、こっちを見た。

「はい。実はわたし、星空館でアルバイトしていて……」

「アルバイトを?」

「はい。ショップの臨時スタッフで。早見盤、すごい売れゆきでしたよ。とくに特別版。わたしは高くて買えなかったんですけど、ショップでは見ました。人の手で作ったって感じがして……すごく素敵でした」

「そうか、ありがとう」

男の人もにっこり笑う。

「すみません、失礼ですが、皆さんはお客さまなんですか? めぐりんにはこのお店は弓子さんがひとりで経営してるって……」

わたしはその人に訊いた。

「ああ、その記事のときからはちょっと事情が変わってるんですよ。さっき階段を上がっていったのは天野楓さん。高校生なんだけど、活版印刷に興味を持って、ここでアルバイトをしてる」

「高校生……」

やっぱりそうだったのか。階段の方を見ながら思った。

「で、僕は、ほんとは本町印刷ってとこに勤めてるんだけど、ときどきここに来て、印刷の手伝いをしてる。島本悠生って言います。本町印刷は、その星座早見盤を三日月堂といっしょに作った会社なんですよ。で、彼は金子さん」

島本さんが机の方を指した。

「僕はデザイナーで、ほんとは都心の事務所に勤めてるんだけど……。二年くらい前からここに出入りして、活版印刷を勉強させてもらってるんですよ。うちの会社にもときどき活版印刷の品物を作りたい、ってお客さんが見えるので、僕がデザインしてここで刷ってもらったりしてます」

金子さんが言った。

「今日はいろいろ相談があって集まっていたんですよ。近いうちに大きな活版ワークショップをすることになっていて、その相談」

「そういうことだったんですね。僕は草壁彰一です。大学三年生で、あちらは同じゼミの豊島つぐみさんと安西明里さん」

草壁くんがわたしたちを指した。

「実は僕たち、大学のゼミの課題で街をテーマにした雑誌を作ることになってまして、今回の課題が川越なんです。それで、まずは取材に、ということでいろいろ調べて、こちらに活版の印刷所があると知って、興味を持ったんです」

「へえ。ゼミで雑誌作りか。面白い課題だね」

金子さんが身を乗り出した。

「メディア表現のゼミなんですが、毎年三年の春休み課題がこの雑誌作りなんです。グループに分かれて、雑誌を作るだけじゃなくて、その街で販売会も行うんです。そのときの販売部数も評価の対象になる、という……」

草壁くんは妙にすらすらと答える。いつも偉そうにしているだけのことはあるんだな、とちょっと感心した。

「じゃあ、今回は川越で行われるんですか？　会場はどこ？」

金子さんが訊いてくる。

「『浮草』っていう古本屋さんです」

「『浮草』ですか？　いいお店ですよね。古書だけじゃなくて、自主制作の本や雑誌も置いてあったりして。わたしもよく行きますよ」

弓子さんが言った。

「事前の宣伝や告知もゼミ生が行うんです。お店にポスター貼ってもらったり、サイトを作ったり、SNSで発信したり……」

「へえ、本格的だね。自分がそのゼミにいたら、たぶん燃えるなあ」

金子さんが笑った。

「まあ、卒論を除けば、ゼミ最大のイベントですからね。どのチームもけっこう張り切ってますよ」

草壁くんはそう言った。さっきまでまったくやる気なかったのに……。外面がいいというか、なんというか。でも、これだけ口が回れば就活でも困らないだろう。

「で、君たちはどんな雑誌を作るつもりなの?」

「まだ考え中です。先入観を持って来ると、自分たちの思惑通りのものしか見ない、ってことになりかねないので。あとは街を歩きながら探ろうと思ってます」

もっともらしく答える。口から生まれたよう、というのはこういうことか。楓さんがおりてきて、島本さんと金子さんにお茶を出している。

「じゃあ、どうしましょう?　まず活字棚から説明しましょうか」

弓子さんに訊かれ、うなずいた。

活字や機械についての説明を受け、少しだけ活字を拾う体験もさせてもらった。

文選箱という浅い木の箱に、自分の名前を拾う。無数に並んだ活字から自分の名前の字を探し出し、文選箱に入れる。ことん、と音がするのが楽しかった。

文字を探すのはけっこう時間がかかる。草壁くんも安西さんも棚の前を行ったり来たり、しゃがんだり立ち上がったりを繰り返している。

「むかしはこんなふうにして本を刷ってたのか。すごいな」

草壁くんがつぶやく。

「むかしの職人さんは話をしながらでも拾えたんですよ。文選箱の縁に磨り減ってるところがあるでしょう？　活字を拾って箱に入れるとき、手が何度も同じところを通るからなんです」

弓子さんに言われ、文選箱を見た。たしかに縁が磨り減っている。全体に黒ずみ、角は丸い。使いこまれている、という感じだ。

拾い終わると、組版ステッキというものを使って活字を並べた。出来上がったものをチェースという枠にセットする。それを円盤のついた手キンという小型印刷機に取りつけ、インキを伸ばす。

完全に手動の機械らしく、インキを練るのも、刷るのも、レバーを手でおろすことによって行う。ひとりずつレバーを引いた。想像以上に重い。

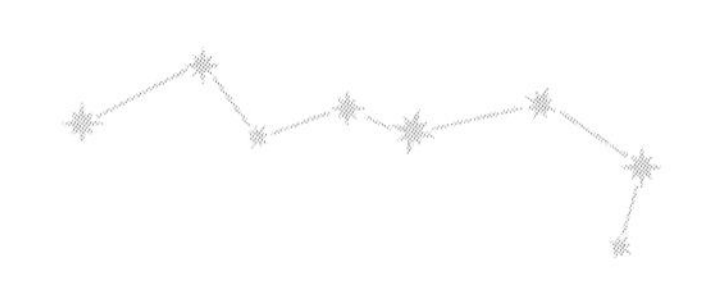

「これ、楽しい」

安西さんが笑顔になる。こんなふうに笑うんだ、とちょっとびっくりした。

「重いけど、このぎゅっ、っていう感じがすごくいい」

「気軽に体験できるところがあったらいいですね」

草壁くんが言った。

「そう思って、ワークショップを考えてるんですよ。もっとオープンな場所で、だれでも体験できるようにしたい、って」

弓子さんが答える。

「なるほど。印刷の基礎ですし、これを見ただけでいろんなことがわかりますね」

草壁くんがもっともらしくうなずく。わたしたちに対する態度と違いすぎないか？　突っこみたくなるが、発言の内容には同意だった。

いまはわたしたちのような学生だって、印刷所に冊子を発注することができる。パソコンを使ってデータを作り、送るだけ。しばらくすると冊子の形のものが送られてくる。でも、どんな工程を経ているのかはさっぱりわからない。プリンタやコピーも同じ。なかでなにが起こっているのかはわからない。

だけどこれは目に見える。文字を並べて、インキを伸ばして、紙に押しつける。

むかしはこうやって印刷物を作っていたんだ、とよくわかる。

「あの星座早見盤はこの大型印刷機で刷ったんですよ」

弓子さんが部屋の真ん中の大きな機械を指した。

「あの木口木版、って言うんでしたっけ。ショップで見ました。全部手で彫ったものなんですよね。すごく精巧で、びっくりしました」

「ええ、わたしたちもはじめはびっくりしました」

「当時の図版は全部あんなふうに手で彫っていたんですか」

「いえ、あれは特殊な事情で……。木口木版が使われていたのは明治時代くらいまでですね。その後は写真製版という技術が開発されましたから。紙に描いた絵をそのまま版にできるんです」

弓子さんは引き出しから薄いプラスチックの板を取り出す。

「これは樹脂凸版っていいます。むかしは亜鉛などで作ってましたが、いまは樹脂が多いんです。ハサミで切ることもできるし、透明だからいろいろ便利なこともあるんですよ」

「これ、素敵ですね。花……ですか？」

安西さんが樹脂凸版に浮きあがった絵を指しながら言った。

「ああ、これは、楓さんが描いたものなんです。彼女、植物のカードをたくさん作ってるんですよ。楓さん、ちょっと」

弓子さんが呼ぶと、金子さんたちとお茶を飲んでいた楓さんがやってきた。

「これはツユクサなんです」

楓さんが樹脂板を指しながら言った。

「この輪郭みたいなのを黒で刷って、葉っぱは緑、花は青、って重ねて刷っていくんですよ」

楓さんはそう言って、ツユクサの印刷されたカードを差し出した。

「出来上がるとこうなります」

「このカード、三日月堂の商品としてイベントでも販売してるんですよ」

弓子さんが言った。

「すごいですね、高校生なのに」

「いえ、そんな……わたしよりうまい人はたくさんいますから」

楓さんはちょっと恥ずかしそうに首を振った。

わたしが言いたかったのは、高校生なのに絵がうまい、という意味じゃない。こんなふうに商品の形にしているところがすごいと思ったのだ。だが、どう説明したらいいかわからなかった。

「これって、原画は紙に描いたの？」

草壁くんが訊いた。

「はい。紙にペンです」

「それをスキャンして画像として取りこんで、製版に出すんです」

弓子さんが答える。

「ということは、データからでも版を作れる、ってことですか」

「ええ、もちろん。デザインソフトで作ったものも製版できますよ」

「そうなんですか？　じゃあ、ふつうに同人誌用の印刷所に入稿するのと同じデータで入稿できる、ってことですか？」

草壁くんが目を丸くした。

「ええ。モノクロの線画なら。カラーとなると、またちょっと違いますが……」

弓子さんが答えた。

「文字も、うちは活字にこだわってますけど、いまはパソコンで文字まで組んで印刷するところも多いですよ。データで作った方が自由がきくし、活字を組むより、安くできますから」

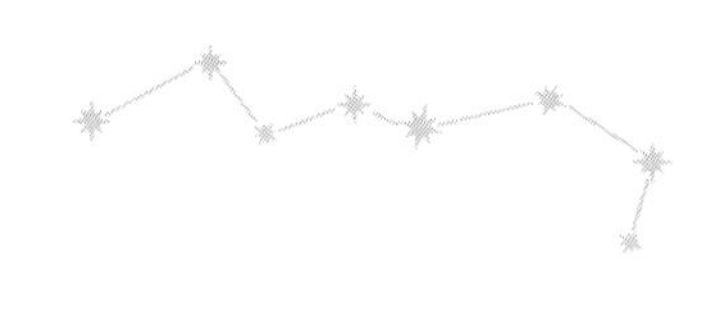

「ってことは、僕たちでも作れる、ってことか……」

草壁くんが腕組みし、なにか考えている。

「それって、いくらくらいかかるんですか？」

草壁くんが訊いた。

「印刷するものの大きさとか、紙の種類、枚数によりますけど……」

「じゃあ、Ａ３の紙一枚、両面印刷だったら？　紙はできるだけ安いので……。枚数は百枚。だいたいでいいんです」

「そうですね。製版代もあるから……」

弓子さんが電卓を使って計算し、金額を出す。立花ゼミの学生がいつも使っている印刷所だと、十六ページのＡ５の冊子が百部作れるくらいの金額だった。

「草壁くん、なんでそんなこと……」

意図がわからず、わたしはうしろから訊いた。

「いや、俺たちの課題、ここで印刷したらどうかな、と思って」

草壁くんが当然、というように答える。

「え、でも、高いよ。一枚でその金額でしょ？」

「いや、そうでもないよ」

「え？」

「俺が考えたのは、Ａ３の紙一枚っていう形。ほかのグループが作る雑誌はたいていＡ５だろ。Ａ３はＡ５の四倍。両面だとつまり八ページ分ってこと。一枚にまとめれば、一ページごとの余白がなくなるし、表紙や裏表紙もいらない。レイアウト次第で十二ページとか十六ページ分くらいの内容ははいるんじゃないかな」

先輩たちの雑誌は表紙を入れて二十ページが主流だった。つまり本文は十六ページ。それより多いものはあったが、少ないのは例の最下位のコピー誌くらいだった。

「でも、冊子の形になってなくていいのかな」

「立花先生のレジュメには形の規程はなかったよ。川越を扱ってれば、あとは自由だって」

たしかにその通りだ。

「冊子の形にするなら、紙を切ったり、製本したりしなくちゃならない。でも、Ａ３のぺらっとした状態なら印刷代だけですむ」

「それはそうだけど……」

「雑誌の内容としてここを取り上げたとしても、めぐりんの真似にしかならない。けど、雑誌自体を活版印刷で作れば、新しいじゃないか。ほかのグループとは絶対

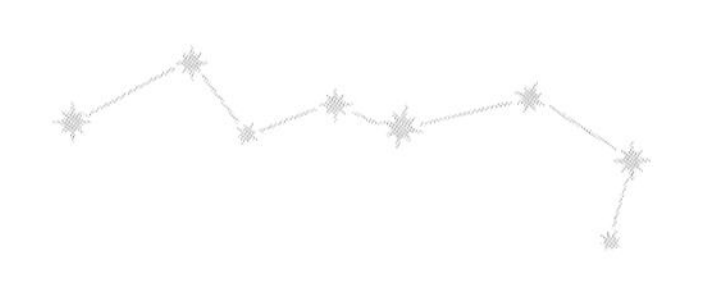

にかぶらないし」

「でも、内容は?」

わたしは訊いた。

「それは印刷方法とは関係ない話だろ?　これから考えればいいじゃないか」

「内容が決まらないのに、印刷を先に決めちゃっていいの?　内容によっては冊子にした方がいいってことになるかもしれないよ」

雑誌を活版印刷で作ることに反対しているわけじゃない。でも、なんでもひとりで勝手に決めていいと思っている草壁くんに少しいらいらしていた。

「あの……」

安西さんの声がした。

「そしたら、まだ時間もあるし、とりあえず川越をめぐってこない?」

「そうだね。まずはひとまわりしにいこうか」

もう少し考えてきます、と弓子さんに言って、三日月堂の外に出た。

4

一番街に出るとたくさんの人でにぎわっていた。外国人観光客も大勢いる。着物姿で写真を撮る人、食べ歩きをする人、旗を持ったガイドさんに連れられた長い列。ごったがえしていて、歩くのが大変なくらいだった。

草壁くんはさっきのことで少し機嫌が悪いのかもしれない。速足で、ずいぶん先の方に行ってしまっている。

「ねえ、豊島さん」

安西さんが話しかけてくる。

「わたし、雑誌を活版印刷で作るの、いいと思うんだけど……」

安西さんが小さな声で言った。ちょっと驚いて、安西さんの顔を見た。

「豊島さんは反対なの？」

「そんなこと、ないよ。活版印刷、素敵だったし、むしろ活版で作ってみたい」

あわてて首を横に振った。

「じゃあ、なんでさっき反対したの？」

「草壁くんがなんでも自分で決めようとするから……。だいたい、雑誌をどういう形にするかまず三人で決めてから、値段を訊くのが筋でしょう？　なのに勝手にどんどん話を進めちゃって……」

「でも、それは、単に参考にしようと思っただけなんじゃないの？　実際、草壁くんが訊いてくれたから、考える材料もできたわけで……」

思わずぐっと黙った。よく考えてみれば、三日月堂の見学の件だって、草壁くんのおかげで実現したのだ。草壁くんのやってることは別にまちがってない。だけど、なぜかむしゃくしゃする。

「豊島さんは、草壁くんのあの偉そうな喋り方がいやなんだよね」

安西さんがぼそっとつぶやく。図星すぎて黙った。

「それ、ちょっとわかる。わたし、四人きょうだいの末っ子なんだ。で、いちばん上の姉があんな感じなんだよね。すごく優秀で、押しが強いの。ほかのきょうだいもそれなりに自己主張が強いから、もめるとすごいことになる。だからわたしは、だれかが決めてくれるなら、それに流されていけばいいや、って……」

「そうなんだ」

「だから、豊島さんが言い返してるの見て、すごいな、って思った」

いや、でも、全然勝ててないし……。思わず苦笑する。

「だけど、活版印刷で作るっていう案には、ちょっと惹かれたんだ」

「それはわたしも……」

少し口ごもった。

「もともと三日月堂を見つけたのは豊島さんだし、途中から草壁くんが仕切ってるみたいになっちゃったけど、草壁くん自身もそれはわかってると思うんだよね」

「そうかなあ?」

「自分が思いつきで言った水運の話より、豊島さんのアイディアの方で動いてるじゃない? 草壁くん、言い方はきついけど、ほかの人の意見を聞いてないわけじゃないんだと思う」

安西さんはそう言って、少し先を歩いている草壁くんの方を見た。

水運の話は単なる思いつきで、忘れてるだけなんじゃないか、という気もしたが、考えたら、ここで仲違いしたら雑誌は作れなくなる。提出できず、販売数もゼロ。それは非常にまずい。

「さっき反対したことで怒っちゃったかな」

「大丈夫……だと思うよ。ちょっと、わたしが話してみる」

安西さんはそう言うと、草壁くんの方に走っていった。安西さんが呼びかけると、草壁くんがふりかえった。意外にふつうに話しているみたいだ。少しするとこっちを向いて、わたしの名前を呼んだ。

「なに？」

近寄って、安西さんに訊いた。

「いま草壁くんと相談してたんだけど、これからどこに行こうか、って」

三日月堂の話はしてないみたいだ。

「あの札の辻って交差点を曲がると、菓子屋横丁ってとこに行けるみたいだよ」

めぐりんの地図のページを見ながら、草壁くんが言った。

もしかして……さっきのこと、全然気にしてない……？

そうっと草壁くんの横顔を見る。安西さんの方をちらっと見ると、大丈夫みたい、と小声で言った。

「でも、菓子屋横丁って駄菓子屋しかないんだよね？　なら、川越城に行ってみないか？　本丸御殿っていうのがあるみたいだし」

草壁くんが地図を指して言った。

「そうだね」

わたしはそう答えた。ここは一歩譲っておこうと思ったからだ。

「わたしもそれでいいと思う」

安西さんも言った。

「じゃあ、決まり。川越城にしよう」

草壁くんは少しうれしそうに言って、歩き出した。


川越城にはお城につきものの天守閣はない。壊されたのではなく、最初からないのだ。高台の上にあった富士見櫓という櫓が天守の代わりをしていたらしい。

だが、本丸御殿の一部が残されている。現存する本丸御殿は東日本唯一で、全国的にもめずらしいのだそうだ。

説明には、一四五七年に築城、築城者は江戸城と同じ太田道真、道灌親子とある。初雁城、霧隠城とも呼ばれ、幕府の要職についた藩主が多かった。

二の丸跡は川越市立博物館、川越市立美術館に、三の丸跡は埼玉県立川越高等学校になっており、この高校の南に富士見櫓跡が残っている。

入館料を払い、本丸御殿にはいった。明治になって、建物の解体が行われ、いまは玄関と大広間、家老詰所しか残っていないが、それだけでもとても大きく、立派な建物だ。家老詰所からは大きな庭が見えた。

となりの三芳野神社にも行った。鬱蒼とした森に囲まれていて、とくに社殿右側のクスノキは巨大だった。わらべ歌「とおりゃんせ」の発祥の地であり、「川越城

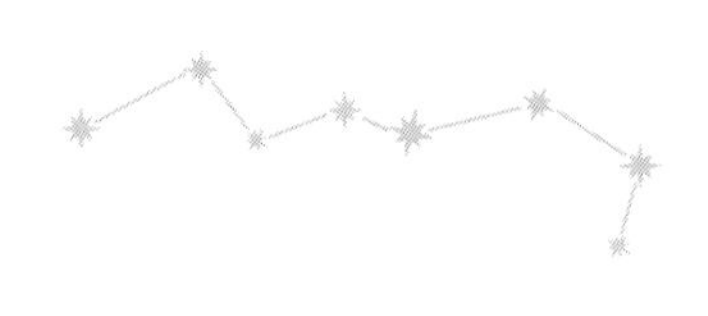

の七不思議」というものも伝わっているらしく、使えるかもしれないと思って説明の看板を写真に撮った。
七不思議のひとつ「初雁の杉」もあった。毎年同じ時期に初雁がやってきて、この杉の真上で三声鳴き三度回って南に飛び去るという言い伝えがあるのだそうだ。川越城築城祝いのときも初雁が来て鳴いたことから、太田道灌は川越城を「初雁城」と名づけたらしい。
富士見櫓跡に行ったあと、川越氷川神社へ。縁結びの神さまで、鯛の形の入れものにはいったかわいいおみくじもある。それから神社の裏を流れる新河岸川沿いを歩いた。桜の並木が続いていて、桜の時季にはきれいなんだろうな、と思った。

いつのまにか取材に来ていることを忘れ、すっかり観光気分になっていた。菓子屋横丁と養寿院を見たあと、さすがに歩き疲れたので休むことになった。一番街まで出て、通り沿いのカフェにはいる。

「そろそろ雑誌をどうするか、決めないとな」

飲み物を注文すると、草壁くんが言った。

「まず、印刷を三日月堂に頼む、っていうのは、決まりだよね」

草壁くんの言葉に、安西さんもわたしもうなずく。

「ってことは、冊子にするのはあきらめて、紙一枚の形式でいくってことだな。活版印刷で作れば、それでもインパクトがあると思うんだ」

「いいと思う。折本形式も考えたけど……そうすると余白を作らなくちゃいけないし、むしろ一枚の形を生かした方がカッコいいと思った」

安西さんが言った。

「じゃあ、形は決まり。次は内容だな。切り口をどうするか」

草壁くんはスマホを取り出し、これまでに撮った写真をながめはじめた。

「やっぱり川越城の印象が強いかなあ。一番街の風景はガイドブックとかで何度も見てるせいか、川越城の歴史の話の方が新鮮だった」

「でも、あんまり硬い内容だと、売れゆきが……」

わたしは言った。

「たしかになあ。文字ばっかりだと売れない、って先輩も言ってたし」

草壁くんがうーん、とうなり、スマホの写真をスライドさせていく。

「あ、これ、『霧吹の井戸』だったっけ。ふだんは蓋をしておくけど、敵襲のとき蓋をあけると霧が噴出して城を隠してくれた、とかいう……」

「『初雁の杉』も『霧吹の井戸』も、『川越城の七不思議』のうちのひとつだって、三芳野神社の看板に書いてあったよね」

「『七不思議』ってほかになにがあったっけ？」

安西さんが言う。わたしは自分のスマホで看板の写真を探した。

「看板には『初雁の杉』『霧吹の井戸』のほかに『人身御供』『遊女川の小石供養』『片葉の葦』『天神洗足の井水』『城中蹄の音』って書いてある」

写真をズームしながら答える。

「ひとつずつ説明してるサイトがあったよ。けっこう怖い話も多いな。『人身御供』とか『片葉の葦』とか『遊女川の小石供養』とか」

スマホを見ながら草壁くんが言う。

「人身御供」は、その名の通り人身御供にまつわる話。川越城が建てられた場所はもともと湿地帯で、土塁がなかなか完成せずにいたところ、龍神が太田道真の夢枕に現れ、「明朝いちばん早く汝のもとに現れたものを差し出せば、築城は成就する」と告げた。翌朝一番に現れたのは道真の娘・世禰姫で、姫は城の完成を祈って淵に身を投げ、城が完成した、というものだった。

「片葉の葦」は、敵に攻められて逃げていた姫が湿地帯の「七ツ釜」に落ち、葦にすがったが葉はちぎれ、姫は片葉をつかんだまま沈んだ、その近辺の葦は姫の恨みですべて片葉になった、というもの。

「遊女川の小石供養」は、武家に嫁いだおよねという娘が川に身を投げた、夫が川に行きおよねの名を叫び続けたところ、川からおよねの返事が聞こえ、夫も川に身を投げた、いまも川に石を投げるとおよねの返事がある、というもの。

「怪談だね」

「面白いけど、小学生の壁新聞じゃないんだから……」

草壁くんがぼやく。

「そうだね。やっぱり実用性が高い内容のものの方が売れるって話だよ」

先輩から聞いた話を思い出しながら言った。

「三日月堂の近くにあったお醤油屋さんは？」

安西さんがつぶやく。めぐりんにも掲載されていた古い建物の醤油蔵だ。

「あのお醤油屋さんは、朋花たちのグループが取り上げるって言ってたよ。もう工場見学にも行ったって」

「じゃあ、ダメだな。やっぱり伝統的な建築物やお店は、ほかのグループとかぶる確率が高い」

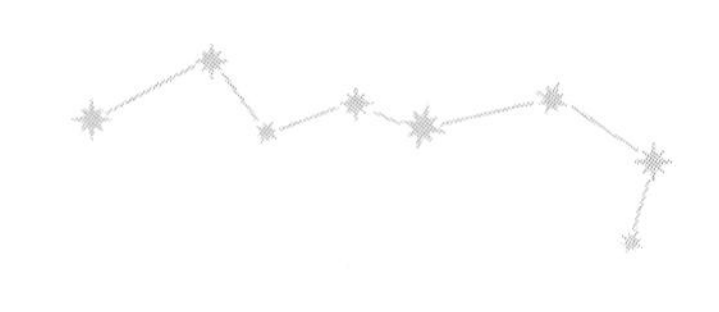

わたしも自分のスマホの写真を操った。三芳野神社の森とクスノキ、氷川神社のケヤキ、新河岸川沿いの桜並木、養寿院のイチョウ……。

「なんか、わたし、木ばっかり撮ってるなあ」

ぼそっとつぶやく。

「木？」

草壁くんは、なんのことだ、という顔になる。

「三芳野神社に行ったとき、森みたいだなあ、と思って。富士見櫓跡にも大きなクスノキがあったし、氷川神社も大きな木が多かったでしょう？　ごめん、雑誌には関係ないんだけどね……」

あわててごまかし笑いをした。

「いや、それ、いけるかもしれない」

「どういうこと？」

「たしかに、川越、大きな木が多かった気がする」

「一番街の道沿いは建物がぎゅうぎゅうに詰まってるけど、まわりに大きな木がたくさんあるよね」

安西さんも言った。

「やっぱり古い街なんだな。建物だけじゃなくて、木も昔からのものが残ってるんだ。古木や巨樹に焦点を当てる、っていうのは、ありかもしれない。故事ともからめられるし、意外と面白そうだ。ほかのグループともかぶらないだろうし」

「なるほど……。いいかも。でも、どうやってまとめる？」

「イラストマップ……とか……」

安西さんが小声で言い、すぐ下を向いた。

「イラストマップ？　いいんじゃない？　紙一枚で作るから、マップ形式はぴったりだと思うよ。ただ、だれがイラスト描くの？」

草壁くんがわたしたちを見る。イラストなんてもちろん描けない。わたしは首を横に振った。

「ちょっとなら描ける……」

安西さんが目をあげる。

「ほんと？」

「作品の写真とか、ないの？」

草壁くんに訊かれ、自信のなさそうな顔で、スマホを取り出す。手元で操作し、少しふるえる手でスマホをテーブルに置いた。ちょっと味のある動物のキャラクタ

ーが描かれている。

「かわいい。こんな特技があったんだ」

思わず言った。

「なかなかいいじゃないか」

草壁くんも感心したように言う。上から目線ではあるが。

「これでいこうよ。まずは木をリストアップして……」

草壁くんがどんどん作業計画を立てていく。また勝手に決めて、とも思ったが、あまりにも理路整然としているので文句のつけようがない。

「よし、だいたい決まった。じゃあ、これから三日月堂に寄って、印刷のことを相談しよう。俺、このあと用事あるからさ、五時には川越出なくちゃならないし」

草壁くんはさっと荷物をまとめ、立ちあがった。

5

三日月堂に戻ると、金子さんや島本さんはもう帰ってしまったらしく、印刷所にいたのは弓子さんと楓さんだけだった。

入稿データの作り方を教わり、作業のスケジュールも決めた。

「あとは紙の種類とインキの色ですね。黒でもいいですが、片面はちがう色にする方法もありますよ」

弓子さんに訊かれたとき、草壁くんが腕時計を見た。

「ごめん。俺、もう行かなくちゃならないんだ。紙とかインキの色とかは君たちにまかせるよ。正直、そういう細かいことはよくわからないし」

「どうしますか。細かいことはあとでメールで相談でもかまいませんが、紙やインキの色だけは実物を見て決めた方がいいですよ」

「わたしは……まだ大丈夫です」

「わたしも……」

安西さんと顔を見合わせて答えた。

「じゃあ、あとはまかせたよ」

そう言って草壁くんはあたふたと三日月堂を出ていった。

「こちらがサンプルです」

弓子さんが紙の見本とインキの色見本を机に置く。

「ええっ、こんなにあるんですか？」

ひとことに紙といっても、山のように種類があった。紙質、厚み、色……。どれがいいのかさっぱりわからない。

「予算的にあまり高い紙は無理なので……。できるだけ安いものでお願いしたいです。でも、つるつるした紙よりちょっとざらっとした感じがいいかな。あと、真っ白っていうより、やわらかいオフホワイトの方が……」

安西さんは慣れた感じでそう言った。

「じゃあ、このあたりはどうですか？」

弓子さんがなかの一枚を取り出す。

「いいと思います。豊島さんはどう思う？」

安西さんが言っていたみたいに、少しざらっとして、やわらかい白だった。

「わたしもこれでいいと思います」

「インキは何色にしますか。基本的な色なら料金は黒と同じです」

弓子さんがインキの色のサンプルを広げる。これもまた見当がつかない。途方に暮れて安西さんを見た。

「深緑がいいような気がします。テーマが木ですから。文字が黒以外の色だとおしゃれですし。いいよね、豊島さん」

「え、うん。いいと思うよ」

あわててうなずく。深緑の文字……。たしかにいいような気がする。

草壁くんは偉そうな態度は気に入らないが決断力はあるし、ネットやパソコンにもくわしい。安西さんはイラストも描けるし、紙や印刷に関するセンスもあるみたいだ。ふたりともゼミ生のなかでは浮いていて、問題児だと思っていたけど、わたしなんかよりずっと優秀だ。もやもやとしたものが心のなかにふくらんだ。

「それにしても、川越の木のイラストマップなんて、いいアイディアですね」

弓子さんが言った。

「木をテーマにするのは、豊島さんの発案なんです」

安西さんがわたしを見た。

「街をまわっているうちに気づいたんです。大きな木が多いなあ、って。古くからの土地だからですよね」

「そうですね。建物も古いけど、木も古い。木はずっと動かずにその土地にあるものですからね」

そうか。街のあちこちに立っているあの大きな木たちは、いまここにいる人間たちよりずっと古くからこの街にいたんだ。なにも言わず、ただそこに立って、街の

移り変わりをながめ続けていた。

「弓子さんは、この川越でとくに好きな木はありますか」

なんとなくそう訊いた。

「やっぱり、鴉山稲荷神社の大きなケヤキでしょうか。子どものころあのあたりでよく遊んでたから……」

弓子さんは天井を見上げた。

「実はわたし、生まれたのは別の場所なんです。ここは父の実家で……。事情があって、幼いころ何年かここに預けられていましたし、高校から大学までは毎週印刷所の手伝いに来てたんです」

弓子さんが少し微笑む。

「祖父母の家に来ると、必ずあのケヤキの木がある。自分より大きな生き物がずっとそこで待っててくれる、そんな気がしてました」

ふと、うちの近くの公園にあった大きなクヌギの木のことを思い出した。大きな木で、保育園の帰りによくその下でどんぐりを拾った。いつもポケットのなかをいっぱいにして、母に怒られていた。

だが、ある年の夏、大型の台風で木は折れてしまった。根元は残ったが、木はそのまま枯れてしまった。秋になってもどんぐりはない。空が妙に大きくぽっかり見えて、どうしようもなくさびしい気持ちになった。

「むかしは動けないなんてつまらないんじゃないか、ほかの世界を知らないままでいいのか、なんて思ったりもしましたけど、最近はそう思わなくなりました。なんていうか、木は動かないけど、すごく大きなものを見てる気がして……」

そのとき、入口の戸が開いた。

「こんにちは。集荷に来ました」

見ると、母くらいの歳の小柄な女性が立っていた。川越運送店と書かれた帽子をかぶっている。

「ああ、ハルさん。荷物、できてます」

楓さんが入口近くの机の上に置いてあった段ボール箱を指す。

「特急便ですね。かしこまりました」

ハルさんと呼ばれた女性がにこっと笑った、伝票を切り取り、控えを楓さんに渡す。馴染みの業者さんなのだろう。ずいぶんと親しそうだ。

「最近どんどん忙しくなってるみたいじゃない？　やっぱり活版印刷、ブームなのかな？」

「ハルさんのおかげですよ。ハルさんの宣伝が効果抜群なんです」

弓子さんが答える。

「そちらのおふたりは？」

ハルさんがわたしたちを見た。

「学生さんなんです。ゼミの課題で川越の雑誌を作るんですって……」

「はい。グループに分かれて作るんです。わたしたちは川越にある巨樹や古木について調べて、イラストマップにしようと思ってます。それで、印刷を三日月堂さんにお願いしよう、と」

わたしは答えた。

「そうなの。川越には巨樹や古木がたくさんあるものね。栄林寺のシダレザクラでしょ、中院のシダレザクラに喜多院のエドヒガン、三芳野神社のクスノキ、三変稲荷神社のムクノキ、見立寺のヒマラヤ杉、六塚稲荷神社のシラカシ、川越高校のクスノキ、出世稲荷神社の大イチョウ……ああ、なんかキリがないわねえ」

ハルさんが指を折りながら答える。

「すごいですね」

安西さんが目を丸くした。

「ハルさんは川越の生き字引なんですよ」

楓さんが言った。

「ハルさんにとって川越でいちばん好きな木ってどれですか？」

弓子さんが訊いた。

「いちばん？　いちばんを決めるのは、むずかしいなあ。でも、ひとつに決めるとしたら、喜多院のエドヒガンかな」

「エドヒガン？」

安西さんが首をかしげる。

「桜の一種よ。ソメイヨシノの原種のひとつ。喜多院の木は松平信綱公お手植えって言われているから、樹齢四百年くらいよね。とっても大きくて、ソメイヨシノより少し前に咲くから、すごく目立つの。どこよりも早く、そこだけふわあっと春になったみたいで……」

ハルさんはじっと目を閉じる。

「桜は毎年咲くでしょう？　だから咲いているのを見るとこれまでに見たいろんな桜が頭のなかによみがえってくる。結婚したのもエドヒガンの咲くころだった。夫はずいぶん前に亡くなったんだけど、エドヒガンが咲くなかを歩いていると、その

ころに戻れるような気がして……」

鼻の奥が少しつんとした。まだ若いのに、旦那さんがずっとむかしに亡くなった、なんて。

「息子とも毎年見に行ったっけ。あなたたちと同じくらいの歳なの。いま大学二年生。北海道の大学に行ってるのよ。春はこっちに帰ってくるのかな。帰ってきたら、またいっしょに見に行きたいなあ」

親ってこんなことを思うものなのか。なんだかぽかんとした。いつもいっしょにいるけれど、両親の気持ちなんてあまり考えたことがなかった、と気づいた。

弓子さんに見積りを出してもらって、楓さんといっしょに三日月堂を出た。歩きながら、三日月堂でバイトすることになった経緯や、植物のカードのシリーズの話を聞いた。

「前に活版関係のイベントに出たんです。いまは、活版を使って小物を作っている作家さんがたくさんいらっしゃるんですよ。ただ文字や図版を印刷するだけじゃなくて、個性のある作品ばかりで、紙やインキに凝って、とても素敵なんです」

「楽しそうですね。行ってみたいなあ」

安西さんが言った。

「三日月堂は、それまではお客さまの注文に応じて印刷するのが主だったんですが、カードが好評だったので、今後もオリジナルのグッズを増やしたい、ってことになって。それで、わたしもあの植物のカードのシリーズを作っているんです」

「最初にわたしたちがお邪魔したとき、大きなワークショップの相談をしている、って言ってましたよね。あれは？」

わたしは訊いた。

「これまでもワークショップはしてきたんですが、三日月堂のなかだと受け入れられる人数がかぎられてしまいます。最近は印刷の仕事も忙しくなって、ワークショップを随時受付っていうわけにもいかなくなってきて……」

「なるほど」

「でも、ワークショップってすごく大事だと思うんです。わたしも最初に三日月堂に来たときはワークショップでした。わたしたちは活版で刷られたものなんてあまり見たことないですし。でも、実際にやってみると、仕組もよくわかるじゃないですか」

「そうですね。わたしたちも活字を触ってみて、ああ、こういうことか、って」

安西さんがうなずいた。

「金子さんも同じ意見で。金子さんも三日月堂ではじめて活字に触れて、印刷物のデザインについていろいろわかった、って。それで、会場を借りて大きなワークショップを開くことにしました。三日月堂でやるのと比べたらできることはかぎられますけど、多くの人が気軽に参加できますから」

「面白そうですね。会場はどこですか？」

「まずは図書館の多目的室で行うことになりました。金子さんと付き合っている方が図書館の司書さんなんですよ。小穂さんといって、その方ももともとは三日月堂のお客様なんです。お友だちと朗読の活動をしていて、朗読会のプログラムを三日月堂で刷ったそうです。金子さんとはそのとき知り合って……」

「そうだったんですね」

「小穂さんも活版印刷が好きで、ぜひ図書館で、って言ってくれたんです」

「いいですね、わたしも参加したいです」

安西さんが言った。

「ほんとですか。ぜひ。市外の方も参加ＯＫだそうですから。連絡先は……」

楓さんがカバンからワークショップのチラシを出す。まだ作成中のものらしいが、概要はすべて記されていた。

楓さんは西武池袋線を利用するらしく、本川越駅の前で別れた。

「楓さん、高校生なのにしっかりしてるね」

安西さんとふたりになってから、ぼそっとつぶやく。

「そうだね。やりたいこと、ちゃんと見定めている感じ。活版印刷に出会った、っていうのも大きいかもしれないけど」

安西さんが言った。出会い。それもあるかもしれない。わたしにもそんな出会いがあれば……。このままだと自動的に就活の波に巻きこまれて、なんだかわからないまま仕事を決めることになってしまう。

「でも、わたしの場合、やりたいことがなにか自分でもわかってないからなあ」

「それはわたしも同じだよ」

安西さんが、ははっと笑う。

「そうなの？」

「そうだよ」

顔を見合わせ、ふたりで笑った。わたしたち、案外似ているのかも、と思った。

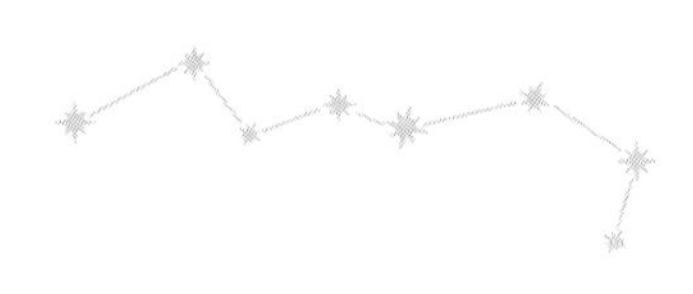

東武東上線の駅にはいろうとしたとき、電話が鳴った。草壁くんからだった。

「打ち合わせ、終わった?」

取るなり、声が聞こえた。安西さんにも聞こえるようにスピーカーにする。

「うん。だいたい予算通りにできそうだし、紙とかインキの色も決めた」

「そうか。ありがとう。じゃああとはマップに入れる文面だよな。樹齢とか、その木にまつわる歴史とか……」

「ああ、そういうのも少し聞いたよ。途中、三日月堂に川越のことにすごくくわしい宅配便屋さんが来て……」

「宅配便屋さん?」

「そう。ハルさんっていう女の人で、弓子さんとも親しいみたい」

——夫はずいぶん前に亡くなったんだけど、エドヒガンが咲くなかを歩いていると、そのころに戻れるような気がして……。

ハルさんの声が耳の奥によみがえる。あの話を聞いたとき、エドヒガンが咲いている風景が目に浮かぶ気がした。

「ふたりとも、木にまつわる個人的な思い出も話してくれて……。すごくいい話だったんだ。まあ、雑誌には関係のないことなんだけど……」

「それ、メモった？」

かぶせるように草壁くんの声が聞こえてきた。

「え？」

「だから、その個人的な思い出の話だよ」

「メモは取ってないけど……。なんで？」

「じゃあ、忘れないうちに書き出しといて。木にまつわる街の人の記憶を集めるのも面白い気がした。樹齢だの歴史だのはだいたいどこかに書いてある。でも、個人の記憶は、取材しなければわからない。雑誌にはもってこいじゃないか」

「ええと、じゃあ……」

「もう一度川越に行こう。街の人たちにインタビューするんだ。川越の街で好きな木やそれにまつわる記憶について聞き取り調査をする」

「いいと思う」

安西さんがぽつんと言った。

「それ、すごくいいと思う」

小さいけど、はっきりした声だった。

「そうだね。考えたら古本屋さんに挨拶に行くの、忘れてたし」

わたしもうなずいた。

「まずは弓子さんに街の人の話を聞けるか訊いてみないと。そのハルさんって人を紹介してもらうのもいいかもしれない。そのへんは豊島さん、やってくれる？」

「え？　わたし？」

「うん。じゃあ、あとはよろしく」

そう言うと、電話が切れた。

「ほんとになんでも自分で決めちゃうね」

安西さんが笑った。わたしもつられてちょっと笑った。


駅にはいり、ホームにおりた。

「けど、よかった。豊島さんがいっしょだったから、なんとかなりそう」

「そんなこと、ないよ。仕切ってるのは草壁くんで、わたしはなにも……」

「そうかな？　けっこう豊島さんの案で決まってるところも多かったと思うけど」

安西さんがくすっと笑う。

「木をテーマにするのも、町の人の記憶を取りあげるのも、言い出したのは豊島さんだよ」

「ああ、そういえば……」

わたしが言うと、安西さんはまた笑った。

「実はさ、わたし、草壁くん、ちょっと怖かったんだ。朝も言ったけど、姉と同じタイプだから。いっしょのグループって聞いたときはもう大学辞めちゃおうかと」

「そこまで?」

「もともと、立花ゼミが向いてないのかも、って思ってたし。自己主張が強い人が多くて……。なんでこのゼミにはいっちゃったんだろう、ここでなにをするつもりだったんだろう、ってだんだんわからなくなっちゃって……」

「安西さんは、もともとはなにがしたかったの?」

「イラスト描くのは好きだったから、立花ゼミならなんか生かせるかも、って思っちゃったんだよね。でも、いまどき、イラスト描ける子なんてたくさんいるし」

「ああ、それ、わたしもちょっと似てるかも。むかしは文章書くのが好きだったけど、自分の書いてるものは全部人真似だな、って、あるとき気づいちゃった。書きたいことがあるって思いこんでたけど、ほんとはなにもない」

「わかる」

「文章うまいなんて、文学部だったらあたりまえだし、こんなことなら語学とかパソコンとか、役に立つスキルをもっと身につけておけばよかった、って」

「わたしも。就活はじまって、自分なんて社会に出てもなんの役にも立たないんじゃないか、ってすごく怖くなった」

安西さんが足もとを見つめる。

「金曜日、立花先生のところに行ったじゃない？　あのあと就職関係の説明会があったんだけど、会場で草壁くんと会ったの」

「同じ説明会だったんだ」

「うん。偶然だけどね。説明会の最中、わたし、自分がどんどんダメな気がして、気持ち悪くなっちゃって、途中でトイレに行ったの。そしたら廊下でばったり草壁くんと会ったんだよね。で、説明会で気分悪くなってるようじゃ、この先乗り切れないよ、って」

「ああ、草壁くんなら言いそう」

「わたしも、なかなか決まらなくて追い詰められていってる先輩を見たことあったから、自分もそうなるんじゃないか、ってすごく怖くて。もう無理かも、って言ったら、なにがそんなに怖いの、って訊かれたの」

「なんて答えた？」

「社会から求められてないって突きつけられるのが怖い、って」

「そしたら？」

「考えすぎって笑われた。面接官なんて単なる会社員なんだから、そんなやつになにがわかるんだ、って思っとけばいいんじゃないの、って」

「さすが草壁くん」

「それ聞いて、わたし、ちょっとぽかんとしちゃった。こんなふうに考える人もいるんだ、って。けど、わたしにはできない。で、無理、って答えたら、無理でもなんでも、生きてかなくちゃならないんだから、やるしかないでしょ、って」

「なにそれ」

「無理とか言っていいのは、大金持ちの子どもで働かなくていい人だけ。働かなくちゃ生きていけない人に選ぶ権利はない。与えられたもののなかで、ちょっとでもマシなものにしがみつくしかないんだよ。そうしないとほんとにずり落ちていっちゃうよ、って。わたし、ますます凹んじゃって……」

たしかに厳しい言葉だ。でも、ある意味真実かもしれない。

「そしたら草壁くん、言ったんだ。落ちたときに自分のせいだと思ってたらキリがないよ、って。俺の親父は会社人間で、過労死寸前までいったけど、結局使い捨てにされたんだ。俺は成績優秀だから大学に行けたけどさ、奨学金もらってるから絶対に働いて返すしかない。贅沢は言ってられないんだ。でも、まあ、男だからね。やっぱり今の日本の社会、女性にはキツイよね、って」

「そうだったんだ……」

家庭の事情がわかって、少し見方が変わった。草壁くんは草壁くんで、就活に必死なんだろう。

「会社は所詮、利益がいちばん大事なんだ、って言われた。会社自体も生き物だから利益が出なかったら倒れちゃう、社員全員の都合を考えることはできない。でも、それは安西さんが悪い、ってことじゃないんだ。安西さんも、自分じゃなくて相手が悪いって思った方がいいよ。そうしないと負けるよ、って」

安西さんが大きく息をついた。

「わかってるつもりだった。だけど、同じ学年の人に言われると、なんだか情けなくって、そのままなにも言わないで別れたんだ。それで、今朝は草壁くんも怒ってるかもしれないし、もういっしょに川越行くのも無理かも、って……」

そんなことがあったのか。来る途中で気分が悪くなったのもそのせいだろう。

「でも、会ってみたら、草壁くんの方は全然なにも思ってないみたいだった」

安西さんがははは、と笑う。

「草壁くん、自分じゃなくて相手が悪いって思った方がいいよ、って言ってたんだよね。つまり、草壁くんもほんとにそう思ってるわけじゃなくて、そう思うように心がけてるんだ、って気づいた。そしたらちょっとほっとしたよ」

繊細な人なんだな。人の表情を読み取り、言葉ひとつひとつをしっかり聞き、感じ取っている。だから人一倍傷ついてしまう。安西さんという人がなんだか少しわかった気がした。

6

弓子さんに木の話の聞き取りのことをお願いしたところ、ハルさんの協力もあって、いろいろな人を紹介してもらえることになった。店の人は土日は忙しいので、比較的時間のある平日の午前中に話を聞くことになった。

ハルさんのリストをたよりに、街のなかをまわった。喫茶店のマスター、古い映画館の支配人、高校の先生に図書館司書。前回行けなかった雑誌販売会の会場の古本屋さんのところにも挨拶に行き、木の話も聞いた。

　みんながそれぞれ自分の大切な木について語ってくれた。亡くなった伯父が好きだった木のこと。家族とともに桜並木を歩いたときのこと。戦争中、出世稲荷神社のイチョウをなでて出征した父親のこと。

　木の思い出を語り出すと、なぜかみないつのまにか大切な思い出にたどりつく。木は人の心にも根を張り、底の方まで伸びていくのかもしれない。

　途中で弓子さんからメールがはいった。ハルさんからのメールが転送されてきていた。ハルさんは北海道の大学に行った息子さんにも木のことを訊いてくれたらしい。その返事が届いたのだと言う。

　ハルさんの息子さんは森太郎さんといって、いまは北海道大学の森林科学科に通っている。森太郎さんの好きな木は、母校である川越高校のクスノキ。文化祭の名前も「くすのき祭」というくらいで、学校のシンボルともいえる木なのだそうだ。


　川越高校のクスノキは、正門前に二本並んで立っています。一八九九年の創立当時から生えていたものとのことで、川越城の三の丸跡に建てられた学校ですから、もしかしたら川越城があった時代からそこにあったのかもしれません。

高校時代、僕は毎朝このクスノキをながめながら登校しました。

高校時代はとても楽しかった。男子校ということもあって、自由に精一杯生きることができました。友だちもみんな個性的で、おたがい素で接することができたのは、いまから思うと得難い宝です。

なにより素晴らしいと思うのは、未来に希望を持って巣立つことができたこと。やり残したことはなにもない。早く次の世界に行こう、という気持ちでした。ほかのみんなもそうだったと思います。うしろをふりかえる人はだれもいなかった。

そんな僕たちを、あのクスノキは見守ってくれていたんだと思います。入学したとき、大きな木だなあ、と思いながら門をくぐった。卒業するときも、変わらず大きかった。いまでも川高は僕の誇りで、あのクスノキはその象徴です。

森林科学科に進学して、毎日たくさんの木を見ています。それでも、あの二本のクスノキは、いまもとても大切な木です。長期休みで川越に戻ったときには、いつも木を見に行きます。

あの木があそこに立っていることが、いまの僕を支えてくれている気がします。

森太郎さんの文章にはそう書かれていた。

読みながら『星の王子さま』のバラのことを思った。あの物語は王子さまとバラの愛の物語だとも思われていて、きっとその通りなんだろうけど、あのバラは王子さま自身の自尊心やプライドの象徴とも取れる気がした。

小さな星に住んで、自分だけがバラを持っていると思っている。広い宇宙に出てバラがたくさんあると知って、ショックを受ける。でも、結局、王子さまにとってそのバラは特別なバラなのだ。そのことを悟り、王子さまは星に帰る。

わたしも自分がたったひとつのバラじゃないと知ったときは、少しショックだった。自分がなにものでもなくなった気がした。

だけど、いまは少しちがう。安西さんも弓子さんもハルさんも森太郎さんも、みんなひとりひとりがバラで、なにかを思い、喜んだり悲しんだりしながら生きている。えらそうな草壁くんだって、きっと悩みや迷いがあるんだろう。

みんな生きてる。わたしと同じように。そのことに心打たれていた。たくさんのバラが咲いている。それぞれの思いを抱き、理解し合ったり、争ったりしながら、ともに生きてる。それが街、人の生きる社会なんだ、と思った。

話に出てきた木を全部見終わり、池袋行きの電車に乗った。

電車のなかで相談し、オモテ面は草壁くんが木の説明の文章をまとめ、安西さんがイラストマップを描く。ウラ面の街の人の声はわたしが文章をまとめ、草壁くんがレイアウトすると決まった。

次の日一日がかりで街の人の声をまとめた。録音を聴きながら文章に起こしていく。目を閉じて声を聴いていると、その人といっしょにその木の下にいるような気持ちになる。

人の思いは儚い。言葉という形にしなければ、泡のように消えてしまう。でも、ここで語られているのは、どれも大切な思いだ。形にして残しておきたい。それをほかの人に届けたいと思った。

作業は大変だったけれど、いつのまにか時間を忘れていた。

書きあがったのは深夜の二時過ぎだったが、忘れないうちに送っておこう、と安西さんと草壁くんにメールした。

三十分くらいで草壁くんから返信が来た。起きてたのか、と驚く。短いが、きちんと感想が書いてあった。

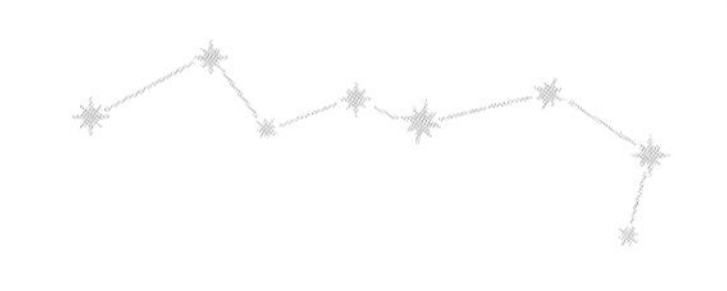

細かい誤字や表現のミスはあるけれど、文章自体は悪くない。
無駄もなく、必要な情報は全部はいっているし、リズムがあって読みやすい。
おおむねこれでよいと思う。
細かいミス、表現の問題点は以下の通り。

そのあと、いくつか誤字や表現のミスが指摘されていた。

おおむねこれでよいと思う。


「何様だよ」

ディスプレイに向かって思わず突っこみ、笑ってしまった。

まったく、どうしてこんなにえらそうなんだろう。

でも、読んでくれた。きちんと読んで、感想も書いてくれた。たぶんメールが着いてすぐに読んで、返事をくれたのだ。ミスの指摘は的確だし、ちょっと悔しいけどやっぱり優秀なんだな、と思う。

これで、もう少し言い方がやわらかければ、いい人なんだけどな。

まあ、いっか。

メールの文面を見返し、くすっと笑った。

安西さんのイラストマップができあがり、文章のレイアウトも終わった。みんなで最終確認して、データを三日月堂に送った。

みんな就活関係でもろもろあり、アルバイトもあり、忙しいなか徹夜になってしまった日もあったけれど、作るのは楽しかった。

データを送ったあと、ファミレスで軽く打ち上げをした。草壁くんも、やっぱり現地に行ってよかった、就活で頭がいっぱいになってたけど雑誌作りは楽しいな、と言っていて、安西さんと顔を見合わせて笑った。

もう一度落ち着いて木をながめてみたくなって、次の週、ひとりで川越に出向いた。三日月堂に立ち寄ると、弓子さんがひとりで作業していた。

「あら、こんにちは。今日はひとりですか?」

弓子さんが不思議そうにこちらを見る。

「ええ。今日はちょっと個人的に……。この前は駆け足になってしまったので、もう一度ゆっくり木を見ておきたいなあ、と思って……」

「そうでしたか」

弓子さんがくすっと笑う。

「でも、ちょうどよかったです。昨日悠生さんが来て、皆さんの作品、刷ったところだったんですよ」

「ほんとですか？」

「一日インキを乾かさなくちゃならないので、今日の午後、梱包して発送しようと思ってたんです」

弓子さんが言って、紙の棚から一枚の紙を取り出した。

「こちらです」

机の上に大きな紙が置かれる。イラストマップがきれいな深緑で印刷されていた。

思わず、うわあ、と声が出そうになった。

これが、わたしたちの作品……。「街の木の地図」という、安西さんの手書きのタイトル文字。三人でいっしょに街をめぐり、街の人の話を聞き、木をながめた記憶がよみがえってくる。

「すごくきれいです。ありがとうございました」

「いえいえ、こちらこそ。一枚ですけど、内容が盛りこまれていて、立派な雑誌ですよね。わたしも楽しかったです」

弓子さんは地図をながめながら言った。

「イラストマップもかわいいし、レイアウトも達者だし。それに、びっくりしたんですよ。こんなに調べていたんだ、って。木の情報のなかにも知らなかったことがたくさんありました」

　オモテ面の木に関する説明は草壁くんの力作だ。細かく調べられているうえ、簡潔にまとまっている。

「住んでる人は意外と知らないものなのかもしれませんね。空気みたいになってしまって、そんな歴史があるなんて考えない。こうして見ると、面白いです」

「ありがとうございます」

「でも、いちばん面白かったのは裏面の街の人の声。知人もけっこうはいっているのに、知らないことばかりでした。ふだんは語らないけど、みんないろんな経験があって、なにかを感じたり、思ったりしながら生きてるんだな、って……」

　読んでくれたんだ……。少しはずかしくて、目を伏せた。

「わたしたちには地面の上に出ている部分しか見えないけれど、木には根っこもある。それと似ている気がしました」

「そうですね」

　みんな、外から見ただけではわからない思いを抱いて生きている。

こうして印刷されたものを見ると、書いていたときには気づかなかったことが浮きあがってくる。あの言葉にはもっと深い意味があったのかもしれない、と思う。言葉にも根っこがあるのかもしれない。目に見える葉や幹の下に根っこがのびて、土のなかに広がって……。地面のなかでほかの根っこと出会ったり、からまりあったりしているのかも。

自分のなかに書きたいものがない。そう思って立ちどまってしまっていた。たしかに、わたしのなかにはない。でも、外にはある。世界には、残しておきたい思いがたくさん隠れている。

目に見えないまま消えていってしまう思い。それを形にして多くの人に伝える。そんな仕事ができたら……。

胸の奥がぽっぽっと熱くなってくる。どうしたらそういう仕事ができるのかわからないけど、そのためだったら、わたしもがんばれるかもしれない。

「浮草での雑誌販売会、がんばってくださいね。わたしたちも見に行きますから」

「はい」

大きくうなずき、地図を見た。はじめての作品。安西さん、草壁くんといっしょに作った。

ひとりだったらこうはならなかった。腹の立つこともあったけど、三人だからわかったこともたくさんあった。

――あの木があそこに立っていることが、いまの僕を支えてくれている気がします。

森太郎さんの言葉が頭をよぎる。これは一枚の紙切れだけど、大学時代をふりかえったとき、きっとわたしを支えてくれる。

「じゃあ、あとで発送しますね」

弓子さんが微笑む。

「よろしくお願いします」

頭をさげ、三日月堂を出る。

鴉山神社のこんもりした木々を見上げ、大きく深呼吸した。

雲の日記帳

1

横たわったまま、白んでいく空をぼんやりと見ていた。

まだ薄暗いうちに目が覚めた。外はしずかで、ときどき鳥の声がする。まだ二時間は起きなくていい。少しでも眠った方がいいのだろうとわかってはいたが、もう眠りの世界に戻ることはできなかった。

仕方なく起きあがり、焙煎屋で買ってきたばかりのコーヒー豆を挽く。パンをトースターにセットし、挽き終わった豆にお湯を注ぐ。ふんわりとした泡がふくらみ、コーヒーの匂いが立ちのぼる。世界が今日も変わらないことを祈る。

音のない薄暗い部屋の小さな食卓に、トーストとコーヒーを並べる。儀式のように。キツネ色のトーストにバターをのせ、かじる。さくっと音がする。内側はもちっとして、嚙むと甘い。パンというのはそれ自体が恵みだと思う。

気づくと、窓の外の空はすっかり青くなっている。刷毛で描いたような薄い雲がいくつも空に浮かんでいる。端の方は溶けるようににじんで、少しずつ形を変える。

ここが窓の大きい部屋でよかった。窓の方を向くよう食卓を置いて、日々こうやって雲を見ている。

どうせ早く起きたのだから「雲日記」の原稿でも書いておこうか。そろそろ「浮草だより」の四月号を作らなければならない。

わたしはこの家の一階にある古書店「浮草」を営んでいる。店では毎月、浮草だよりというリーフレットを出している。前の店主の守谷さんから引き継いだもので、あたらしく入荷した本のリストやおすすめ本の紹介を掲載している。

四月号に載せるリストとおすすめ本の紹介はできているが、最後に入れる雲日記だけまだ書いていなかった。

雲日記とは浮草だよりのあとがきのようなもので、守谷さんに言われてはじめたものだった。最初は店番くらいしかすることがなかったが、働きはじめて一年くらい経って、お前の方が文章がうまそうだ、と言って、浮草だよりをまかされた。

守谷さんが書いていたときは、単なる「あとがき」となっていた。短い文章だが、顧客のなかにはこのあとがきのファンも多く、ここだけはずっと守谷さんに書いてもらっていた。だが途中で守谷さんから、お前もなにか書け、と言われ、あとがきの前に雲日記という欄を作ることにした。

この家に住みはじめてから、雲をながめることが多くなった。この大きな窓のせいだろう。川越の旧市街地にはあまり高い建物がなく、空がぽっかり見えるというのもあるかもしれない。

いま見えているあの薄い雲は巻雲の一種。すじ雲、はね雲などと呼ばれることもあり、糸のように細い雲が集まった形をしている。国際的に定められた十種雲形のひとつで、学術名はCirrus。ラテン語で巻き毛のことだ。

気象にかかわる仕事をしていたわけではないが、二十五年、雲の話を書いているうちに自然とくわしくなった。

巻雲は高いところにできる雲だ。日本であれば高度五キロから十三キロ。対流圏の上部にでき、小さな氷晶でできている。長く糸のように延びていれば毛状雲、丸まっていれば房状雲、先が曲がっていれば鉤状雲、いろいろな形のものがからみ合っていればもつれ雲など、いろいろな名前がある。

毎日雲をながめていると、たしかに名前通りの雲も見るが、名前からは外れたような、奇妙な形の雲を見ることもある。

明け方の空には、高度の高い雲から低い雲までが勢ぞろいすることもある。高い雲はあまり動かず、その下を低い雲が速い速度で流れてゆく。一瞬でき、できたかと思うと消えてしまう淡い雲もある。

　雲なんてだいたい似たようなものじゃないか、と言う人もいるが、ひとたび雲を見はじめると、雲は毎日、いや刻一刻と姿を変え、同じ雲を二度見ることは決してないのである。

　一瞬たりとも見のがしたくないと、じっと窓の外を見つめ続ける。このうつくしさを覚えておきたい、と思う。だが、少し経つとすっかり忘れてしまっている。不規則で意味のない形だから記憶できないのだろう。

　朝方の壮大な雲たちは、人々が起きだすころになると、どこかに溶けるように消えて、退屈で単調な雲だけになってしまうことが多い。雲なんてだいたい同じようなもの、と思っている人は、昼の雲しか見ていないのかもしれない。

　とはいえ、専門家ではないから、雲日記では雲の説明をするわけではない。雲を見ていて思ったことを書いている。雲をながめるうちにふっとむかしのことを思い出すのだ。いつもは忘れているようなことを。

　むかし読んだ本の一節、子どものころ歩いた道のこと。親しかった人の言葉、以前住んでいた家の近くの古い電話ボックスや、道路脇の割れたミラー。そんな浮かびあがってくる断片をすくいとるように、書き留めた。

　そのまま十年近くが過ぎ、守谷さんは亡くなった。亡くなる間際まであとがきだ

けは書き続け、最期に、浮草はお前にまかせた、浮草だよりと雲日記はちゃんと続けるように、雲日記をいつも楽しみにしていた、と言われた。
それからもう十五年も経った。いつのまにか守谷さんとふたりだったときより、ひとりで浮草を営んでいる年月の方が長くなった。
はじめはわたしが店番をするあいだに守谷さんが買い取りに行っていた。そのうちにそれが逆になった。だがいまはわたししかいないから、店を週休三日にして、そのうち一日を買い取りにあてている。
浮草もいつまで続けられるのだろうか。ほんとうは浮草だよりを作ることより、店の処分について考えなければならない。なのになぜかずるずるといつもの日々を続けている。心のどこかで、いつまでもこの日々が続くと思っている。

店を開ける前、いつものように新河岸川沿いを散歩した。

妙にあたたかく、四月のような陽気だ。川沿いの桜も今年は早く咲いてしまうかもしれない。今年はあまり早く咲いてほしくないいんだがなあ、と思う。咲くのはずっとあとでいい。遅ければ遅いほどいい。

川越に戻って最初の桜を思い出す。こんなふうに晴れた日に、ひとりで川沿いを歩いた。風が吹くたびにさあっと花びらが散って、こんなにうつくしいものがこの世にあるのか、とぼんやり思った。桜なんて毎年見ているのに。

そういえばこの前やってきた学生たちにもその話をしたんだった。立花という古い友人が大学で教えていて、毎年ゼミで学生たちに、街に関する雑誌を作る、という課題を出しているらしい。

大学時代の友人たちとは長いこと顔を合わせていなかった。浮草では古書だけでなく自主制作の本や雑誌も多く扱っていて、大学でメディア表現を教えている立花は、その噂を聞き、わたしの店とは知らずにここにやってきた。

学生たちをグループに分け、ある街をテーマに雑誌を作らせ、現地で販売する。その会場に使わせてほしい、と言われた。話をするうち、おたがいに相手のことを思い出した。

浮草にはイベント用の小さなスペースがあり、ときどき個展や販売会を行っていたから、立花のゼミの販売会もそこで行うと決まった。

学生たちは取材のためグループごとに川越にやってきて、浮草にも挨拶に立ち寄った。そのうちの一グループが川越の木を取り上げたい、と言い、わたしにも取材を申しこんできた。街のなかにある木について、思い出を語ってほしいと言う。そ

れで、新河岸川沿いの桜並木の話をした。

野心的で押しの強い男子学生と、個性的だが人に意見を言えない女子学生、誠実すぎてすぐ折れてしまいそうな女子学生。三人それぞれに不完全だが輝いていた。並木のことを話していると、むかしのことがよみがえってきた。喉まで出かかったが、家族のその後については結局口にしなかった。それでも心は桜の咲く川沿いの道をさまよいはじめ、学生には気取られなかったと思うが、帰ったあと少し泣いた。

学生たちができあがった雑誌を届けにきたとき、取材に来た三人の作品を見てはっとした。それは冊子ではなく一枚の紙だった。表には木の位置と概要を記したイラストマップ、裏にはわたしを含め八人の街の住人の話。

なかなかしっかりした作りで感心したが、さらに驚いたのはそれが活版印刷で刷られていることだった。古本を見慣れているからわかる。活字ではなくパソコンで組んで凸版にしたもののようだが、風合いは活版印刷のものだ。

いまどきどこで、と訊くと、聞き覚えのある名前が出てきて驚いた。三日月堂。川越にある印刷所で、守谷さんもよく使っていた。だが、ずいぶん前に主が亡くなり、閉じたはずだ。学生たちに訊くと、数年前、主の孫が戻ってきて再開したのだという。

彼らが帰ったあと『街の木の地図』を何度も読んだ。とくに裏面の、街の住人の話に心惹かれた。老若男女そろっているが、どれも心に沁みる話だった。木が地面の下の水を吸いあげるように、人々の心を吸いあげているように感じた。

大学時代、文芸部で作っていた同人誌のことを思い出した。立花もメンバーのひとりだった。何代も前の先輩の家が印刷所を営んでいて、同人誌の印刷は先輩の卒業後もずっとそこに頼んでいた。

印刷を安く請け負ってもらう代わりに、部員全員が交代でその印刷所にバイトに行っていた。バイトで技術を学び、同人誌を作る際は自分たちで文選と組版を行った。毎晩徹夜で作業し、朝方帰宅して昼まで眠った。

印刷所の活字の棚、縁の磨り減った文選箱、インキの匂い、印刷機のまわる音。みんな一心に活字を拾い、版を組んだ。印刷だけは職人さんにお願いした。わたしたちの組んだ版を見て、目に余る場合はこっそり直してくれていた。

先週、販売会が行われ、『街の木の地図』はよく売れた。販売数も二番目の成績だった。立花との約束で、一位の作品は販売会終了後も店に置くことになっていたが、『街の木の地図』も残部はすべて預かって店に置くことにした。

2

扉を開け、店に風を入れる。全体にはたきがけをし、本棚を整理する。入口のガラス戸を拭き、看板を外に出す。

今日は金曜日。平日だから午前中はおそらく客はそんなに来ない。棚出しをすませると、店の奥の机でパソコンと向き合い、浮草だよりの原稿を整えはじめた。雲日記も書き終わったし、これなら今度の休みに印刷できるだろう。

A４の紙に両面印刷し、三つ折りにしただけの小さなリーフレット。駅前の文具店の簡易印刷機で印刷し、空き時間に少しずつ三つ折りにする。これを守谷さんのときから四十年以上続けて、もうすぐ五百号になる。

入荷した本のリストやおすすめ本の紹介、雲日記をいつもの書式にまとめ、保存しようとしたとき、ガラス戸が開いた。

男がひとり、はいってくる。常連ではない。だが、その顔に見覚えがある気がした。データを保存し、立ちあがる。

「いらっしゃいませ」

男はわたしがいることに気づいて、こっちを向いた。くりっとした目でわたしを見つめる。ますます見覚えがある気がして、わたしも思わずじっと彼を見た。

「水上か？」

男が言った。その声の響きにはっとした。

「もしかして……」

つながらずにいた回路がぱちんとつながった。

岩倉。大学の文芸部で同期だった男だ。

「岩倉？」

「久しぶり」

岩倉はにんまりと笑い、こちらに歩いてきた。

「久しぶりだな。卒業以来、ってことはないと思うが……」

岩倉が宙を見あげる。

「深澤先生の葬式で一瞬会ったと思う」

会った、と言ってもほんとうに一瞬顔を合わせ、二言三言しゃべっただけだ。

「ああ、そうだったっけ。あれももう二十年以上前か」

岩倉がうなずく。文芸部ではときどき同窓会をしているようだが、わたしは卒業

以来まったく行ったことがない。

「でも、どうしてここに？　観光か？」

「いや、立花から聞いたんだ。ゼミの雑誌販売会の案内をもらってさ。ほんとは販売会に行こうと思ってたんだけど、都合がつかなくてね。でも、今年の会場は水上の店だって聞いてさ」

「そうだったのか」

　大学時代の友人とはだれとも連絡を取っていなかったし、立花と再会しなかったらこれからも取らなかっただろう。

「いまでもほかのみんなと連絡を取り合ってるのか」

「いや。立花とは仕事柄ね。ほかのやつとはあまり会ってない。俺、いまは小さな出版社をやってるんだ」

　岩倉はカバンから名刺を取り出す。イワクラ出版と書かれていた。

「まあ、出版社って言っても、俺のほか社員はふたりしかいないんだけどね。長年大手で働いてきたけど、自分の好きな本を作りたくて十年前に独立したんだ」

「それで回るのか？」

「編集プロダクションもしてるからね。大きな会社の広報誌をいくつかまるまる任されてるんで、なんとか回ってる。メインの収入はそっちなんだ。その仕事の合間にほんとうに作りたい本をじっくり作る。本を出しはじめたのは三年前からで、この前ようやく五冊目の本を出した」

「へえ」

変わってないな、と思った。岩倉はわたしたちの代ではいちばん実行力があり、雑誌制作を仕切っていたのも岩倉だった。

「本を出すっていっても、大ヒットさせて儲けようなんて気はないんだよ。そういうのは大手にいるあいだにさんざんやった。みんな泡みたいに消えていった。いまは本が売れる時代じゃないし、もうちょっと実のあることをしたいんだ」

みんな泡のように消えていった。本が売れる時代じゃない。どちらも言いたいことはよくわかる。

「実のあること？」

「本というのは、たくさん作って消費するものじゃない。みんなが同じものを繰り返し読んで、なにかを発見し続けていくものなんだ、って気づいたんだ。俺はそういう本を作りたい。いまの時代にはむずかしいかもしれないけどね」

岩倉は若いころと同じように熱く語った。髪は薄くなり、顔も手もシワが深く刻

まれているが、目は輝いている。

「それで、世に出すべきものをいつも探してる。立花のゼミの雑誌販売会も毎年見に行っているんだ。すぐ本にしたいと思うほどのものはまだないけど、ああしてがんばっている学生を見ると、勇気づけられる。まだまだいける、って思えるんだよな」

「ああ、わかるよ。そういえば雑誌作りの段階でわたしのところに取材に来たグループがあってね。ほら、このイラストマップ。なかなかよくできてる」

わたしは岩倉に『街の木の地図』を差し出した。

「裏にわたしのコメントも載ってるんだ」

「へえ、どれどれ」

岩倉がマップを受け取る。

「これ、活版印刷なんだ。ちょっとなつかしいだろ？」

「活版印刷？　ああ、ほんとだ」

マップに目を近づけて言った。

「川越に活版印刷をしているところがあるんだ。むかしからある印刷所で、しばらく閉まっていたんだが、最近再開したらしい」

岩倉は目を近づけたり遠ざけたりしながらじっとマップを見ている。裏返し、街の人のコメントにじっと目を通した。

「なかなかいいね、とりあえず、これ、買うよ」

「立花のゼミの学生のもの以外にもいろいろあるよ」

自主制作の雑誌の棚の前に行き、いくつかの雑誌を手に取った。

「いまは雑誌作りも流行ってるんだろうな。よく持ちこみが来るんだ。なんでもかんでも置くわけにはいかないから、ちゃんと目を通して、これなら、って思ったものだけ引き受けるようにしてる」

最近のおすすめの雑誌をいくつか手渡した。

「へえ、全部にポップがついてるんだな。しかも内容も細かく紹介されてるし。これ、お前が書いてるのか」

岩倉は棚の前にかがんで言った。

「そうだよ。やっぱり素人の作った雑誌にお金を払う、っていうのはなかなかハードルが高いからね。だれかがちゃんと魅力を説明してやらなくちゃいけない。ポップをつけたら、少しずつ売れるようになった」

「うまいな、紹介文。水上にはこんな才能もあったんだな」

「いや、慣れだよ」

もうここで働き出して二十五年だ。最初は本の山に埋もれるような店だった。大手チェーンの古書店ができはじめ、むかしながらのスタイルではだんだん売れなくなっていった。だから守谷さんを説得し、ポップをつけるようにしたのだ。

「そうそう、立花から聞いてたんだ。この店には『浮草だより』っていうのがあって、かなり充実した内容だって」

「ああ、次の号はいま作ってるところだけど、前の号ならあるよ」

わたしは入口に近い棚から「浮草だより」のバックナンバーを出し、岩倉に手渡す。去年の十月号から三月号までは全部そろっていた。

「へえ、たしかにこれはなかなか充実してるな。さすが水上だ」

岩倉は浮草だよりの紙面を読みはじめる。くりっとした目がきらきらと輝く。自分の奥底を見られているようで、気恥ずかしかった。そっとそばを離れ、うしろの棚の整理をはじめた。

「お前、どうして書くのやめたんだ?」

岩倉の声がした。

「え?」

はっとしてふりかえる。なぜそんなことを訊くんだろう。理由は知っているはずなのに。

「お前だってやめただろう？」

ごまかすように言い返す。岩倉も大学を卒業すると同時に筆を折った。

「俺には文章を書く才能がないって、大学にいるあいだにわかったからだよ。俺はだれよりも雑誌を作るのが好きだった。小説を書くのが好きだったんじゃない、雑誌を作るのが好きだったんだ。そう気づいたから編集者になった」

岩倉が目をあげる。

「同人誌にいたメンバーは結局みな筆を折った。実社会に出るといろんな意味で相対化されるんだろうな。書きたいだけじゃ続けられない。才能というのともちがう、なんていうのか……。書く資格、かな。自分にはそれがない、って気づく」

岩倉は賢い男だ。賢い人間はみな書くことをやめる。己を知り、口をつぐむ。書きたいだけでは続けられない、その通りだ。

「でも、お前はちがうだろう？　在学中に新人賞も取った。あのときはいろいろあったけど、やめることは……」

苦い記憶がよみがえる。

「賞を取ったから『書く資格がある』ってわけじゃないだろう？」

ため息をつきながら、岩倉を見る。

「でも、人に認められる、ってことは、やっぱり少し資格があるってことなんだと思うよ。表現力や構成力があるやつはほかにもいただろう？　あのときはみんな力試し、運試しのつもりで応募したんじゃないか。みんなで合評して、もっと完成度の高い作品を書いたやつもいた。だけどお前だけが賞を取った」

あれは大学三年のときだった。言い出したのは今村だ。夏休みに同期みんな中編を一編書いて、冬までに推敲して文芸誌の賞に応募しよう、と。

千編以上の作品が集まる賞だ。受賞すればプロへの道も開かれる。もちろんだれも賞を取れるなんて思っていなかった。だが夏休み中もときどき集まって作品を見せ合ううちにおたがいにヒートアップした。

わたしは最初は参加する気がなかった。岩倉に誘われ、しぶしぶ筆を取った。だが、書くうちにどうしようもない熱に呑み込まれ、昼も夜も忘れて書き続けた。

ほかの部員たちの評価はさほどよくなかった。岩倉と立花は絶賛したが、ほかの部員たちは全然ダメ、とそっぽを向いた。だが、そのまま応募し、賞を取ったのだ。

「あのときお前の作品を見て、俺はダメだ、と悟った。立花もそう言ってたよ」

岩倉が笑った。

「褒めてくれたのはお前と立花だけだったじゃないか。筋としても破綻してたし」

「いや、ほかの連中もほんとうはわかってたと思うよ。才能っていうのは見たらすぐにわかる。残酷なもんだよな」

ちがう。あんなのは才能とは言わない。わたしは自分の作品に熱狂し、それしか見えていなかった。ほかの部員たちにはそんな傲慢さが透けて見えていて、寛容な立花と岩倉だけが許してくれたのだろう。

「なんでやめたんだ」

岩倉がもう一度言った。

新人賞を取ったあと、その雑誌の編集部から受賞後第一作を書くように言われた。だがわたしは書かなかった。そう決めていた。編集者もしばらくは様子をうかがう電話をくれていたが、しだいに間遠になった。

いま思えば、売れるかどうかもわからない若造相手に、よくあれだけしてくれたものだと思う。きっと面倒見のいい編集者だったのだろう。そんなこともわからないくらい、わたしは傲慢だったのだ。

「理由は知ってるだろう？」

そう答えると、岩倉は無言のまま本棚を見上げた。

窓からの日差しが本の背を照らしている。

「だいたい、新人賞なんて年にひとりは出るんだよ。そんな賞がいくつもあるんだから、全員が作家になれるわけがないじゃないか。もし書き続けていたとしても芽が出たかどうかわからない」

わたしは少し笑いながら言った。

「まあ、それはそうだけどな」

岩倉も笑った。

「だけど俺は……」

そう言いかけて、口ごもる。

「いや、すまん。なんでもないよ。ちょっとほかも見ていいかな」

岩倉の顔がほっとゆるむ。

「もちろん。ゆっくり見ていってくれ」

わたしも微笑む。そのとき入口が開いて、ほかの客がはいってきた。馴染みの客だ。若い女性で、近くに住んでいるのだろう。いつも平日の昼ごろふらっとやってくる。立花ゼミの販売会のときにも来ていた気がした。

「いらっしゃいませ」

しずかに声をかける。彼女は軽く会釈して、棚の前に立つ。何日か前にもあの棚の前にいたから、気になる本があるのだろう。

岩倉も棚の前に移動し、本をながめている。

ここに来るのは、本が好きな人ばかりだ。ただ好きというだけじゃない。本を自分の友とする人。なにかを探している人。いっときの楽しみのためではなく、考えるために本を読もうとしている人。

守谷さんのときからそういう空気が作られている。時代からは取り残されている気がするが、この空気を守るために店を続けてきた。

ここにいると、言葉が自分だけのものでないことがわかる。言葉はいつも人と人のあいだにあって、所有することはできない。自分が発するどんな言葉も、もともとは外からやってきたものだ。本が好きな人はそのことを知っている。

この場所を守りたい。そうこだわってしまうのも、器が小さいからだろうか。わたしが守らなくても、本の好きな人は変わらずにいるし、言葉は世界を流れ続ける。なにも心配することはない。守谷さんならそう言うかもしれない。

「すみません。これください」

　さっきはいってきた女性が、一冊の本をレジに置く。『定本　八木重吉詩集』。一九五八年に彌生書房から出たものだが、これは初版ではない。七〇年代のものだろう。状態はなかなかよい。

「この前もあの棚を見てましたよね」

「そうなんです。これを見つけて……。あのときはたまたまお財布を持たずに出てきたので、買えなくて」

　財布を持たずに、ということは、よほど近くに住んでいるのだろう。作業着のような格好だから、住んでいるのではなく働いているのかもしれない。

「お好きなんですか、八木重吉」

「はい。これはプレゼントにしようと思っていて」

　そう言うと、少し微笑んだ。

「いいプレゼントですね」

　本が贈られる。言葉が贈られる。よくあることかもしれないが、実は奇跡のようなことだ。

　本を袋に入れ、釣り銭を渡す。

「ありがとうございます」

彼女はにこっと微笑み、足早に店を出た。入れ替わるように岩倉が本を数冊抱え、レジの前にやってきた。

「じゃあ、これだけ」

どさっとレジに本を置く。

「けっこう買うんだな」

思わず笑った。自主制作の雑誌類のほか、高価な画集や数冊組の全集もはいっている。

「いやあ、むかしあきらめた本なんだ。見るとやっぱりほしくなる」

岩倉も笑った。

「これ、全部持って帰れるのか？　配送にするか？　箱なら裏にあるし、伝票さえ書いてくれれば、あとで発送するけど」

「いや、大丈夫だ。車で来たから。すぐ近くに駐めてあるんだ。ああ、でも、箱はもらおうかな。車まで運ぶのに箱の方が便利だ」

会計をすませたあと、裏から箱を出し、本を詰める。浮草だよりもはいっていた。岩倉は「雲日記」に気づくだろうか。長い年月を経て、あの文章が岩倉に届く。

「じゃあ、また来るな」

岩倉が言った。「また」とはいつだろう。ほんとうにそのときが訪れるのだろうか。子どものころの「また」は明日とか、せいぜい数日後だった。だが大人になればすることも増え、「また」と言っても次は数ヶ月後、数年後だったりする。

また会えるかわからない。

岩倉には一度会っておきたいと思っていた。それでも、自分から会いに行くことはしなかっただろうし、いまこんなふうに会えて、浮草だよりを渡せたのだ。もうじゅうぶんだな、と思った。

3

だが、その「また」は意外と早く訪れた。日曜日の夕方、ふたたび岩倉が浮草にやってきたのだ。

「どうしたんだ。買い忘れたものでもあったのか?」

まっすぐレジの前にやってきた岩倉に訊く。

「いや、そうじゃないんだ。ちょっと話したいことがあってな」

「そうか」

「店、七時までなんだろう？　そのあと、食事でも行かないか？」

岩倉が早口に言う。むかしと変わらないな、と思った。大学にいたころから思い立ったらすぐ行動する男だった。部員はみんなそんな岩倉に引っ張られていた。

「別に予定もないし、かまわないよ。いま何時だ？」

時計を見ると六時を過ぎようとしている。

「あと一時間か。片づけもあるから、七時半くらいからでもいいかな」

「もちろん。川越の街も見たいし、それまで少し出かけてくる。ここにいるとまた散財しそうだしな。七時過ぎに戻ってくるよ」

「わかった」

岩倉が手を振って店を出ていく。岩倉がいると場があかるくなる。意志と生命力にあふれているのが伝わってきて、こちらも心が奮い立つ。すっかり忘れていた大学時代の日々がよみがえった。

部室でおたがい作品を読み合って、意見を交わし合い、先輩の印刷所に行って活字を組んだ。わたしはもともと人と交わるのが苦手な質だったが、創作という行為を介して、かろうじて人とつながることができた。

だが、それもこれも、岩倉がいたからだ。岩倉が真摯にわたしの作品を読み、批

評してくれたからだ。岩倉がわたしに心を開くということを教えてくれた。自分が先に開くことで、心を開いてもよい、中身をさらしてもよい、と思わせてくれた。あんな日々もあったんだな。みんな表面に棘をまとっていたが、芽を出したばかりの植物のようにやわらかく、脆かった。『街の木の地図』を作ったグループの学生たちのように。

だれも攻撃なんてしてこないのに、臆病に棘ばかり磨いていた。棘を磨くことが強くなることだと思っていた。それがいつのまにか変わっていた。岩倉という媒介がいたからだといまはわかる。

あの作品を書いたことで、わたしはまたひとりになってしまった。書くのは不遜な行為だと悟り、書くこともやめた。

それでも、あの数年間はいまもわたしのなかに残っている。岩倉にはいつかお礼を言わなければならないと思っていた。その機会がめぐってきたのだ。岩倉の話がなにかはわからないが、食事のときにちゃんとその気持ちを伝えよう。

客の質問に答えたり会計をしたりするうちに、外はすっかり暗くなっていた。

店を閉め、片づけをはじめたとき、岩倉が戻ってきた。手伝うよ、と言われ、客に頼むわけにはいかない、と言いつつ、いくつか雑用をこなしてもらった。

作業をしながらいろいろ話した。岩倉はこの前買って帰った雑誌にはすべて目を通したらしい。何人かの書き手に目をつけたらしく、同じ書き手の作品が掲載された雑誌を買いたい、と言った。

例の『街の木の地図』もよかった、と言っていた。即席のチームが課題として作ったものだから、雑誌としてしっかりした個性があるわけではないが、その分、若者のむきだしの感覚が滲み出していて面白い、と言った。

「それに、活版印刷、っていうのも、驚いたなあ」

岩倉は手を休め、天井を見あげた。

「あのころを思い出してさ。同人誌作りに支倉先輩の印刷所に行ったよな」

「そう。あれを見たとき、わたしもあのころのことを思い出した。文選も組版も大変だったけど、いま思うとなつかしい」

「そうだな。大学祭前は毎年必死だったよな。とくに一年のときはさ」

岩倉が笑う。自分の原稿の分は自分で活字を拾うことになっていた。一年のときは拾うのに時間がかかり、先輩にどやされる。それが二年、三年と学年が上がるごとに少しずつ速くなって、後輩の尻を叩くようになる。

「原稿遅いやつもいたよなあ。何度も電話かけて、原稿持ってこさせたんだっけ。あと、活字拾ってるうちに自己嫌悪するやつ。急に客観的になるんだろうな、もう一度全部書き直したい、って言い出したり……」

岩倉がくすくす笑う。

印刷所の仕事の邪魔になるのはまずいから、作業はいつも夜中に行った。夜、職人さんが帰ったころに集合し、作業をはじめる。夜が明けるころになると、みなだんだん疲れて、口もきかなくなってくる。だが楽しかった。

「あのイラストマップ、川越で刷った、って言ってたよな」

「三日月堂っていう、むかしからある印刷所でね。ここの前の店主もときどき使ってた。わたしも何度か行ったことがあるよ。ただ、それは向こうも先代のときの話で、先代が何年か前に亡くなって、いったん閉じたんだよ。そこに孫が帰ってきて、復活させたらしい。この前、学生たちに聞いたんだ」

「へえ。そういえば、活版印刷もちょっとしたブームみたいだからな」

「うん。でも、それを見るかぎり、しっかりした印刷だよね。活字で組んでいる部分もあるが、ちゃんとしてる」

「そうだな。これは職人の仕事だ」

「片づけたら行ってみるか」

なんとなく思いついてそう訊いた。

「え？」

岩倉が不思議そうな顔になる。

「食事の前にさ。そんなに遠くないんだ。一番街からも近い場所だし。『街の木の地図』を見てから行ってみたいと思ってたんだ。だけどひとりだとなかなか……」

訪れる機会もない。それに最近は店が終わると疲れてぐったりしてしまうことも多かった。

「どうせ行くなら、お前と行くのがいいような気がする。この時間だから閉まっているかもしれないけど。いいかな」

「そう……だな」

岩倉がぽかんとこっちを見る。

「どうした？　なにか変だったか？」

「いや、ちょっと驚いたんだ。お前が、どこかに行こう、って誘うなんてさ。はじめてじゃないか」

くすくす笑う。

「そんなことはないだろう」
大学時代、四年も付き合いがあったのだ。わたしが誘ったことだってあったはず。そう答えようとして言葉を呑む。
たしかにわたしはそういう人間だったかもしれない。なにかをしようと声をかけるのはたいてい岩倉か立花だった。積極的にのるものもいたし、距離を置くものもいた。わたしはどちらでもなく、いつも少し離れてついていくだけだった。

岩倉が手際よく作業を進めてくれたおかげで、いつもより少し早く片づけを終えることができた。

高澤橋を渡り、一番街を通っていくことにした。土曜でも、この時間になるとこのあたりもすっかりしずかになる。観光客も日帰りの人が多いので、夕食前に川越を出てしまうのだ。一番街沿いの商店も閉まり、暗くなる。

だがこの暗い街並みも悪くない。夜の帳がおりるという表現があるが、深夜になっても電気が煌々としている東京では、それを実感することはあまりないだろう。だが川越のこのあたりでは、ほんとうに帳がおりるように夜がやってくる。

闇がしだいに濃くなり、蔵造りの黒い建物に電球が灯る。夜のしずかな街にぽつんぽつんと白い灯りが光るのだ。

「それで、なんだ、話って」

暗い一番街を歩きながら、わたしは訊いた。岩倉はしばらく黙っていた。

「雲日記、読んだよ」

ぽつんと岩倉がつぶやく。心の奥をつかまれたような気がした。

読んでくれた。ずっと忘れていた感覚だった。

だれかが自分の書いたものを真摯に読み、論じてくれる。大学時代、その喜びをはじめて知った。心が震える体験だった。だが、そういうことはすべて捨てた。

浮草だよりは五百枚くらいしか刷らない。楽しみにしている、と言ってくれる客もいたが、雲日記への感想を語る人などいない。ただ宛てもなく流す。壜に入れて海に流す手紙のように。

受けとめてくれる人がいるなんてことは忘れていた。忘れていたつもりだった。だが、結局忘れてなどいなかったのだ、と気づく。わたしはまだどこかで、わたしの心を受けとめてくれる人を望んでいた。もう一度ああいうことが起こるのを待っていた。あれだけ固く誓ったのに。情けないことだ。

「あれを本にまとめる気はないか」

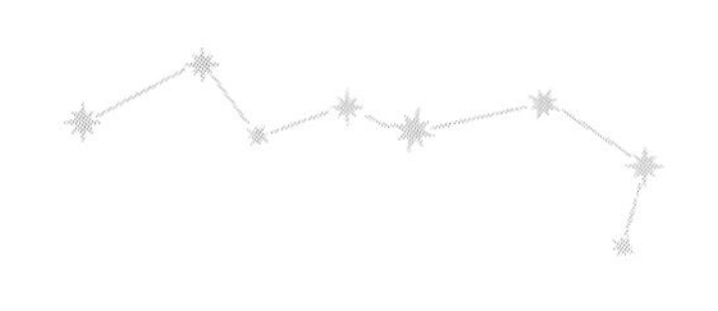

岩倉が言った。

岩倉は小さな出版社を経営していると言った。世の中には本を出したい人はたくさんいる。著者の負担で本を作るのを商売にしている会社もあるらしい。むかしの友人が訪ねてきて、お前の作品は素晴らしい、本にしよう、と言われたら、うれしくなって応じてしまうかもしれない。

岩倉がそんなことをするはずはない。だが、金のためであってくれたら、うつくしいものはすべて消えたのだ、とあきらめることができる。すがってしまう気持ちを断ち切ることができる。いっそ、その方がいいのかもしれない。

「なあ、水上」

わたしがじっと黙っていると、岩倉は言った。

「俺の会社は小さい。出せる部数は限られている。いまの世の中で、そんなやり方で本を作ったって残りはしない。でももうこの歳だ。何万と卵を産めば、大半が死んでも何匹かは生き残る、みたいな作り方はもうしたくない」

岩倉の足が止まる。

「俺の自己満足にすぎないかもしれない。でも、一度でいい。お前の本を作りたい。俺はそのために編集者になったんだから」

そのために編集者になった。

岩倉の言葉が、呑みこめずにいた。

「いや。本を作る気はないよ。雲日記だって、ほんとうは書いてはいけなかった。決めたんだよ。思いを物質にして残すのはやめよう、って。浮草だよりは紙切れだから、泡のように消えていくものだから、許されると思っただけで……」

「あのこと、まだ気にしているんだな」

下を向いたまま、岩倉がつぶやく。わたしは答えなかった。

「俺にも責任がある。立花と俺もあれを読んで大丈夫だと……」

「そういう問題じゃない」

岩倉の言葉を即座に打ち消した。全部わたしの責任だ。

「ともかく、雲日記はあの作品とはちがうよ」

「まあ、抽象的だからな。具体的な出来事はほとんど出てこない。それでも……」

名前は出てこない。だが、悟や実和子の言動に基づく部分はたくさんある。もういないからといって、本人の許可なく書いてよいものではない。

「お前だってわかっているだろう。雲日記の文章は澄んでいる。現実に基づく部分もあるかもしれないが、じゅうぶんに蒸留されて、澄み切っている。あのころとは

ちがう。ここまできたんだ。もう形にしてもいいはずだ」

　岩倉はじっとわたしの目を見た。

「そう言ってくれてうれしいよ」

　わたしは目を伏せた。涙がこぼれそうになる。一生のあいだにこんなふうに言ってくれる友人に出会えたこと、長い年月を経て再会できたこと。そのことへの感謝でいっぱいだった。

「だけど、もう決めたことだ。わたしはなにも書き残さない」

　ふうっと大きく息をつく。

「それに、もうこの歳だ。わたしには先がない。それより若い芽を世に出す方が有意義だと思うんだ。先のある人をね」

　そう言うと、岩倉はなにか言いたそうに唇を動かした。だが、言葉にはならない。

　しばらく無言で歩いた。

　仲町交差点を曲がり、少し歩いてから右の路地にはいる。醤油店の脇を抜け、左に折れると、白い建物が目にはいった。

　あれだ。むかしのままの三日月堂の建物だった。守谷さんがいたころのことを思い出す。いまこうして自分がここにいるのはあの人のおかげだ。

「あそこだよ」

黙っている岩倉に声をかける。岩倉も顔をあげた。ガラス戸から光が漏れている。営業しているかどうかはわからないが、まだ人はいるのだろう。

「行ってみよう」

岩倉が言った。気をとりなおしたのか、いつもの顔に戻っていた。

ガラス戸からなかをのぞく。壁いっぱいの活字の棚。そういえば、むかしもこうだったな、と思い出す。壁一面に活字が置かれ、大きな印刷機が並んでいる。

そして、カラスの親父さん……。記憶がよみがえってくる。なかにはいつもカラスの親父さんと呼ばれる主がいて、印刷機を動かしていた。

岩倉はガラス戸に手をかけ、押した。動く。開いているようだ。

「すみません」

岩倉はそう言いながら戸を開けた。裸電球が灯り、大きな印刷機の近くに若い男女がいた。印刷機を見ながらなにか相談している。

あの人は……。女性の横顔を見てはっとした。浮草の常連で、この前『定本八木重吉詩集』を買っていった人だった。

カラスの親父さんの孫というのはあの男のことだろうか。とすると、彼女は従業

員？　いや、客かもしれない。この近くのどこかの店で働いていて、ここに仕事の依頼に来たとか……。

「三日月堂さんですよね。こちらで活版印刷をしている、と聞いたんですが」

岩倉が話しかける。男女が顔を見合わせ、女性の方がこちらを向いた。

「はい。三日月堂です。活版印刷の仕事をしています。ご依頼ですか？」

こちらを見て、わたしと目が合ったとたん、はっとした顔になった。

「あ、浮草の……？」

「ええ。この前詩集を買っていかれた方ですよね。近くの方とは思っていたんですが、こちらで働いていらっしゃるんですか」

「はい。もともとは祖父の工場で……。戻ってきて再開したんですよ」

彼女はにっこり微笑んだ。

祖父の……？　ということは……。

「じゃあ、カラスの親父さんのお孫さんというのは……」

驚いて訊き返す。

「祖父を知ってるんですか？　ああ、そういえば、祖父は浮草の前の店主さんとお付き合いがあったんですよね。いつも年賀状を頼まれていたような……」

彼女は記憶をたどるように言った。

「ええ。カラスの親父さんが亡くなって、閉じられたものと思っていました。『街の木の地図』を作った学生さんたちから聞いたんです。そういえば、立花ゼミの販売会にもいらしてましたよね？」

わたしは訊いた。

「はい。売れているのか気になって……。みんな一生懸命作ってましたからね」

そう言えば「街の木の地図」の裏面に鴉山神社のケヤキの話もあった。読んでいたときは気づかなかったが、あれはこの人の話だったのだろう。

「ああ、すみません、わたし、岩倉って言います。水上の大学時代の友人です」

岩倉が頭をさげる。

「わたしは月野弓子です。こちらは島本悠生さん。本町印刷っていう大きな印刷会社にお勤めなんですが、いろいろあって、大型印刷機のことを教えていただいてるんです」

島本悠生と紹介された男性がやってきて、名刺を差し出した。埼玉支社とあるが、本町印刷というのは、盛岡に本社のある会社らしい。

「遅い時間にすみません。『街の木の地図』を見て、なつかしくなってしまって……。実はわたしたち、大学時代、文芸部にいて、同人誌を活版印刷で作っていたんですよ。文芸部の先輩に、家業が印刷所の人がいて、卒業したあとも、その印刷所で印刷してもらってまして……」

「そうだったんですか」

「貧乏学生でしたから、文選や組版までは自分たちでして、印刷代を安くしてもらってました」

「自分たちで文選や組版まで……」

弓子さんはしずかに微笑んだ。

「『街の木の地図』、内容もみずみずしくて素敵でしたけどね、印刷に驚いたんです。達者だなあ、と。活字を使っているところもあったでしょう？　組版も印刷もとてもきれいでした。この平台で刷ったんでしょうか」

岩倉が言った。部屋の真んなかの大きな機械を指す。支倉先輩の印刷所にあったのと似たような機械だ。

「はい。この機械、不具合があって、長いこと動かせなかったんです。悠生さんの大叔父さまのおかげで動くようになって……」

弓子さんは機械の修理の経緯を語った。

「なるほど。その大叔父さんもよほど活版愛が強い人だったんですね」

「ええ、それもありますけど……。彼女、盛岡に来たとき、これを作ったんです。本社に残されていた、祖父の版を使って」

悠生さんがそう言って、薄い冊子を差し出した。「八木重吉小詩集」。表紙に書かれた文字を見て、はっとした。彼女がこの前浮草で買ったのも八木重吉の詩集だった。

「僕の亡くなった祖父が、晩年『貧しき信徒』の詩を組んでいたんです。仕事ではなく、自分の意思です。退職していましたが、功労者ということで黙認されていました。でも、印刷することはなく、亡くなりました。彼女が来たとき、大叔父が練習用としてその一部を出してきました。彼女はその版を組付けして、冊子を作ってしまった。それが大叔父の心に響いたんだと思います」

「ご自分の意思で？　熟練している人だとしても、組版は大変な作業でしょう？しかも高齢になれば目も……」

岩倉が訊く。

「もう九十になろうとしていましたし、よく組んだと思います。祖父にとっては必要な行為だったんでしょう」

本人の死後も版が残されたままだったのは、捨てられなかったからだろう。それを遠方から来た女性が形にしてしまった。

——でも、これはプレゼントにしようと思っていて。

浮草で詩集を買ったときの彼女の言葉を思い出した。

プレゼント。彼に贈るつもりだったのか。弓子さんと悠生さんの顔をかわるがわる見て、なにか強い絆があるのを感じた。

「とにかく大叔父は彼女の馬力というか……作りたい、という気持ちに打たれたんですよ。この本だって、三日月堂の先代が残した版を使って、校正機で刷った」

悠生さんから手渡された本の表紙には『我らの西部劇』と書かれていた。開けてみて驚いた。二百ページ以上ある立派な本だ。組んだのは先代ということだが、これだけのページ数、校正機で刷ったとは……。

「すごいですね。この本を刷ったとは……」

岩倉が本をながめ、ため息をつく。

「大型機が動くようになったわけですから、ここで本を刷るのも夢じゃない、ってことですね」

「刷ってみたいですが……。うちは基本わたししかいませんし。これは祖父の組んだ版が残っていたからできましたが、現実的に考えると、なかなか……」

　弓子さんが残念そうに言う。

「そうそう、渡すのを忘れてました」

　岩倉はポケットから名刺を出し、弓子さんに手渡した。

「イワクラ出版？」

　弓子さんが首をかしげた。

「実はわたし、小さな出版社を営んでいるんです。個人経営で、まだ数冊しか本はない。でも浮草だよりの『雲日記』を読んで、本にしたいと思いましてね」

　岩倉が余計なことを口走った。

「『雲日記』ですか？　わたしも好きです。毎回読んでるんです」

　弓子さんが弾むような声でそう言った。驚いて彼女の顔を見る。

「短いけれど、胸に響くものがある。本になったらぜひ読みたいです」

「そうでしょう？　わたしもそう思っています。でも、断られてしまった」

　岩倉は苦笑いする。

「なぜですか」

　弓子さんがまっすぐな目でわたしを見た。

「それは……」

答えられない。

「いろいろありましてね。ああ、もうこんな時間か。すみません、すっかり長居してしまった」

岩倉が頭を下げる。

「いえ、楽しかったです。よかったらまたお越しください。むかしの同人誌の話もうかがいたいです」

弓子さんがにこっと笑った。


それから岩倉と一番街の近くの店で食事をした。

だれかと食事をともにするのは久しぶりで、それがこんなに楽しいとは思ってもいなかった。そういう時間をすっかり忘れてしまっていた。

岩倉の会社の話も聞いた。当時の知人と起業したが、経営のことなどなにもわからない。手痛い失敗もいろいろしたらしい。知人が会社の金を持ち逃げしてしまったこと、その後雇った後輩が仕事を途中で丸投げして姿を消してしまったこと。

いま思うと、みんな自分が不勉強だったせいなんだよなあ、と岩倉は笑った。

自分の会社だから、そうした一切の尻拭いを自分でしなければならない。ひとりで会社に泊りこみ、編集も営業も経理もすべてひとりでこなした。

妻は子どもたちを連れて実家に帰ってしまった。関係は修復したいが、いま気を抜けば会社が倒れてしまう。踏んばるしかない。会社のソファで倒れるように眠る。情けなさと疲れで、知らず知らず涙が出た。

なんとか会社を立て直し、信頼できる社員を見つけた。それからは堅実な経営をしている。妻子も戻ってきて、いまはいっしょに暮らしているらしい。

岩倉はやっぱりすごいな。素直にそう思った。

人よりずっと濃い生き方をしている。むかしからそういうところがあったが、これくらいの密度がないと飽きてしまうんだろう。家族も大変にちがいない。それでも岩倉には人を惹きつける力がある。

岩倉と話すうちに、あのころのざわざわした衝動が身体のなかによみがえってきた。自分にもなにか大きなことができるかもしれない。理由もないそんな野心、欲望。胸のなかに熱いものがふくらむ。

別れ際、岩倉はまた雲日記のことを口にした。あれはそういうものじゃない、とだけ答えた。

世に出したい、自分の跡を残したい、などという気持ちはとうに消えている。だいたい残してどうなる。死ぬときは自分はこの世から消えるのだ。なにか残したところで、わたし自身はもういない。

岩倉はそうか、と笑った。

岩倉と別れるのは意外なほどさびしかった。心のなかに灯った火を胸に、ひとり帰途につく。歩きながらなぜか涙が出た。立ち止まったらもう進めなくなる。だからなにも考えず、ただ歩き続けた。

4

次の日、浮草は定休日だった。数年前から月、火、水を休みにして、この三日のうちに本の引き取りに行っていた。最近はもう新しい本を引き取ることはなく、三日間まるまる休んでいる。

昨日遅くまで外にいたせいか、疲れていてなかなか起き上がれなかった。昼前、ようやく起き上がり、キッチンに行く。コーヒーは飲めそうにない。冷蔵庫からトマトだけ出して、窓の前に座った。

青空に小さな丸い雲がひとつだけぽっかり浮かんでいる。雲というのは不思議なものだ。あるのかないのかわからない。

雲日記を書きはじめてから、雲にまつわる和歌、詩、俳句、小説に登場する雲の描写などをいろいろ探したこともあった。

詩で有名なのは山村暮鳥だろう。

おうい雲よ
いういうと
馬鹿にのんきさうぢやないか
どこまでゆくんだ
ずつと磐城平の方までゆくんか

教科書にも載っている有名な詩だ。『雲』という詩集で「おなじく」と題されている。ひとつ前に雲の詩が載っているので「おなじく」という題になっているのだろう。

この『雲』という詩集の序文の冒頭にこう書かれている。

人生の大きな峠を、また一つ自分はうしろにした。十年一昔だといふ。すると自分の生れたことはもうむかしの、むかしの、むかしの、そのまた昔の事である。まだ、すべてが昨日今日のやうにばかりおもはれてゐるのに、いつのまにそんなにすぎさつてしまつたのか。一生とは、こんな短いものだらうか。これでよいのか。だが、それだからいのちは貴いのであらう。

そこに永遠を思慕するものの寂しさがある。

最近ときどきこの序文を読み返す。

雲には実体がない。形がないし、さわることもできない。懸命に観察しようとしても、刻々と形を変え、とどまることがない。

咲いて数時間でしぼんでしまう花でも、形はあるし、触れることもできる。月は遠くてさわることはできないけれど、実体としてそこに浮かんでいる。一瞬で溶ける雪ですら、その冷たさを感じることができる。

霧や霞や雲はちがう。そもそも形がない。できて一瞬で消えてしまうこともある。近づいても実体はない。

だが、考えてみれば、わたしたちの心に映る景色もそのようなものかもしれない。刻々と形を変え、実体はなく、さわることも、その場に残しておくこともできない。そして、わたし自身にしか見えない。

だからなのだろうか、わたしが雲に惹かれるのは。

見ると、さっき丸かった雲が形を変え、細長くなっていた。

気晴らしに少し外に出ることにした。平日だというのに観光客でにぎわっている。一番街を避け、養寿院の前の細い道を歩く。

気がつくと、いつのまにか三日月堂の前の道に出ていた。ちょうど客らしい人が出てくるところで、見送りに出てきた弓子さんと顔を合わせた。

「水上さん」

「昨日は突然お邪魔してしまって、すみません。今日は店が休みなので、ちょっと散歩していて……」

「そうだったんですね。じゃあ、少し上がっていきませんか。わたしも休憩しようと思っていたところなんです」

「いいんですか？」

「実は、いまのお客さまにいただいたお菓子があるんです。ひとりでは食べきれないので、いっしょにどうですか」
弓子さんがくすっと笑った。
「じゃあ、少しだけ」
その笑顔に誘われて、なかにはいった。

壁一面の活字棚。夜見るのとはまたちがう。裸電球に照らされたあの濃い空気は光にすっかり溶けて、しずかな時間が流れていた。

思えばわたしたちが同人誌を作るのはいつも深夜だった。あのときも同じように裸電球の光だけで、ものにはすべて濃い影ができた。あの暗がりのなかだったからこそ、みんな雑誌作りに熱狂したのかもしれない。

弓子さんがお菓子の箱を開け、お茶を淹れてくれた。菓子はよもぎ餅で、あまり日持ちがしないらしい。

「いい香りですね」

よもぎ餅は草の匂いがした。こういうお菓子を自分で買うことはないから、口にするのは久しぶりだった。

「さっきのお客さまのお店のものなんです。今度お仕事をすることになって」

「パッケージですか？」

「いえ、箱に入れるリーフレットです。和紙で刷ることになっているので、いま試行錯誤中なんです」

「和紙にも印刷できるんですね」

「紙によります。何種類か試して、うまくいくものを使おうと思ってます」

弓子さんはそう言って、お菓子を口に運んだ。

「おいしい。お菓子は人といっしょに食べた方がおいしいってほんとですね」

「そうですか」

弓子さんがあまり楽しそうに言うので、わたしはくすっと笑った。

「リーフレットにそういう文章を入れたい、ってさっきのお客さまがおっしゃってたんです。お菓子はおもてなしのためのもの、むかしは神さまに供えるものでもあった。だからひとりで食べるより人と分け合った方がいい。ひとときを分かち合うために、って」

その言葉に心がほんのりとあたたまる気がした。春がやってきたような。よもぎ餅の香りのせいだろうか。

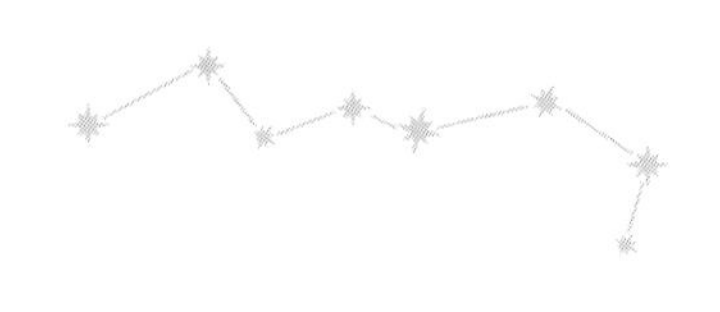

「昨日はあれから岩倉さんとお食事されたんですか？」

「ええ。久しぶりに夜遅くまで外で食事して。お菓子もそうですが、食事も人とすると楽しいんですよね。でもしゃべりすぎた。すっかり疲れてしまって、今日は昼近くまで寝てましたよ」

「いいんじゃないですか、お店、お休みなんですから」

弓子さんは微笑み、息をついた。

「浮草、いいお店ですよね。あそこに行くと、落ち着きます」

「そうですか。よく来てくれてますよね」

「ええ、子どものころ祖父に連れていってもらったことがあって、それ以来よく。小さいときに母が亡くなって、一時期、祖父母と暮らしていたんです。その後、父と暮らすことになって川越を離れたんですが、よく印刷所を手伝いに来ていたので……。ときどき浮草にも行っていたんですよ」

子どものころにお母さんを亡くしたのか。ぼんやりと弓子さんの細い指先を見た。

「そういえば、八木重吉の詩集、どうしました？」

話題を変えるというわけではないが、思い出してそう訊いた。

「プレゼント、っておっしゃってましたけど、もしかして、贈る相手は昨日いた悠生さんですか？」

「はい。お祖父さまの本は盛岡のお祖父さまの仏前にあるそうなので……。でも、まだ渡せていないんです。クリスマスでもないし、どうやって渡せばいいのか、タイミングがつかめなくて」

「誕生日は？」

「誕生日……。聞いたことがないので、わからないです」

弓子さんが困ったように言うので、少し笑いそうになった。

「悠生さん、いい人ですよね」

「そうなんです。大叔父さまも。平台のことでもほんとによくしてくださって」

「悠生さん自身も印刷ができるんですよね」

「はい。高校時代から大叔父さまの手伝いをされていたそうです。お祖父さまが組版で、大叔父さまが印刷を担当されてたようですが、お祖父さまはあまり手伝わせてくれなかったみたいです。悠生さん自身、もともと印刷機の方が好きだったのもあって……。だからかなりくわしいです」

「弓子さんは？」

「わたしは高校時代、文選をしてました。祖父がだんだん目が悪くなって、組版も

教えてもらうようになったんです。でも、印刷機の方はあまり……」

「じゃあ、大きな仕事をするには悠生さんが必要なんですね」

「ひとりでもできるように、いま少しずつ習っています。でも、組版も印刷も、というのは時間的に無理かもしれません。平台が動かせれば、できることの幅も増えるんですけど……」

つぶやくように言って、弓子さんはわたしを見た。

「そういえば昨日、岩倉さんが雲日記のことをおっしゃってましたね。本にしたい、って。わたしも雲日記、大好きなんです。いつも読んでます。岩倉さんが本にしたいとおっしゃっていた気持ち、わかります」

答えられず、じっと黙った。

「水上さんはどうして本にしたくないんですか？」

目をそらし、活字棚を見た。鈍く光る銀色の四角。小さな活字がぎっしりと並んでいる。言葉の形になる前の鉛の塊が壁を作り、そびえ立っている。

「自分の思いを残すなんて、不遜なことだと思っているんですよ。言葉にして、文字にして、人に押しつける。そんな権利は自分にはない、って」

ようやくそう答えた。

「浮草だよりに載せてるけど、あれはすぐ捨てられてしまう紙切れだから、って言い訳して。だけど、本となったらちがう。本という身体を持った物質になってしまう」

「でも……浮草だよりに載った時点で、物質になってますよ」

弓子さんはそう言って立ちあがった。作業机の下の棚からなにか出してくる。スクラップブックだった。

「これは？」

「雲日記です」

「え？」

驚いて、弓子さんの目を見る。それから、おそるおそるスクラップブックを開いた。古い浮草だよりから雲日記が切り抜かれ、貼られている。

「ここに越してきてから、毎号欠かさず読んでます」

「そうだったんですか……」

言葉を失った。同じことだった。たとえチラシの裏でも、言葉を文字にしたとたん、書き手の手を離れ、言葉は漂流し出す。

「こんなことがあるとは。言葉を残したくないなら、書いてはいけなかったんだな。

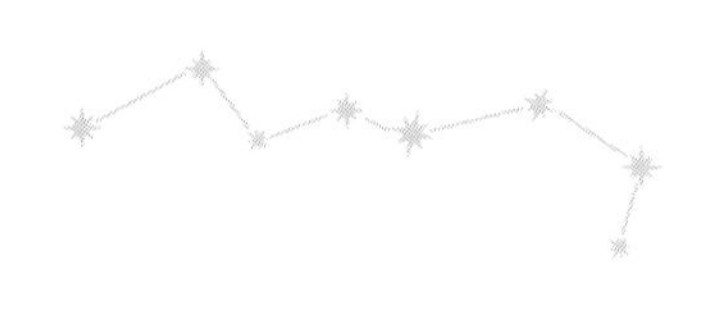

たとえ自分の店のリーフレットでも」

「どうしてですか？　わたしと同じように雲日記を楽しみにしている人はたくさんいると思います。なぜ書いちゃいけないと思うんですか」

「なぜ、か……」

目を閉じ、言葉を探す。

「すべての言葉は人を傷つける可能性があるから、かな」

ようやくそうつぶやいた。

「傷つける……？」

「ほんとうはいまはそこまで思ってないのかもしれない。書くのは不遜なことだ。でも、書かないとこだわるのも不遜なことだ。言葉は人を傷つける。だけど、生きていれば、人とかかわれば、相手に必ずなにかの跡は残すんだから」

なぜこんなことを話しているのだろう、と思いながら、言葉はとまらなかった。

「正直に言うと、岩倉から、本にしないか、って誘われたときは心が躍った。むかし自分の作品を読んでくれた相手だからね。その彼がわたしのことを覚えていて、本にしたいと言ってくれた。ほんとうにうれしかったよ。生きていたご褒美をもらった気がした」

「じゃあ、なぜ……」

「それは欲だ、とも思ったんだ。金になるとは思ってない。でも、だれかに求められる、必要とされる、褒めてもらえる。ささやかでもそれは欲だ。欲というのは一度呑みこまれればどこまでもふくらむ。だから身をまかせたくなかった」

「おっしゃることはわかります。でもそれはあまりに……」

弓子さんがなにか言いかけて、口をつぐむ。ストイックだと言いたいのだろうか。こだわりがすぎる。意地を張っているだけ。自分でもそう思う。

「もういいかな、とも思ったんだ。今回だけはいいんじゃないか、って。覚えていてくれた岩倉への恩返しでもあるし、これが最後のチャンスだから……」

口がすべって、はっと息を呑む。

「最後の？」

弓子さんがぽかんとこちらを見た。ごまかすことは簡単にできる。でもなぜかそうする気になれなかった。

「わたしには、もうあまり時間がないんですよ」

「どういう意味ですか？」

弓子さんが緊張した顔で訊いてくる。

「癌なんです。医者から、余命半年、どんなに長くても一年と言われた」

わたしが答えると、弓子さんの目が大きく開いた。

「いまはまだ元気で、これまで通りなんでもできる。だけどもう転移もあって、手術をしても治る見こみはない。寿命を縮めることにもなりかねないそうです。医者が言うには、病状は比較的ゆるやかに進行するそうです。ぎりぎりまで普通に生活できる人が多い、と」

最後、急に悪くなるのだ、と医者は無表情に言った。わたしはなにも言わなかった。医者の言葉はどこか遠くから聞こえてくるようで、身体のなかにぽっかり黒い穴が空いて、そこに吸いこまれていく。

「だから、あと半年、人生の幕引きをするつもりです。わたしには身寄りがない。人に迷惑をかけないように、自分でできるうちに自分の力で店を閉じる。そう思っていたときでしたからね、最後に一冊くらい本を出してもいいかも、って」

わたしは無理やり作り笑いした。

「でもすぐに、甘えだと気づいた。自分がいなくなったあとに、生きた証を残したかっただけ。先のない人間なんだ。そんなことのために岩倉の時間と金を奪ってはいけない」

だんだん声がふるえてくるのがわかる。無理やり封じこめていた感情があふれだしてきそうだった。病気のことを人に告げたのははじめてだ。なぜ口にしてしまったんだ、これまでほとんど話したこともない人なのに。

「すみません」

深く頭をさげた。

「あの……」

弓子さんの声がして、顔をあげた。

「こんな話、どう対応したらいいか、わからないですよね」

「いえ、ちがうんです」

そう言ったとたん、弓子さんの目からぼろっと涙がこぼれ落ちた。

「ごめんなさい、わたし……。実は、わたしの父も水上さんと同じくらいの歳で……四年前、亡くなったんです。癌で。だから……」

うつむき、手で顔を覆った。

唖然とした。そうだったのか。もしかして、だからここに戻ってきたのか。そうしてお祖父さんの印刷所を継いだのか。彼女がこの印刷所を営んでいる気持ちが少しだけわかった気がした。

癌だった。どんな様子だったのか、訊きそうになる。同じことが自分の身にも起こるかもしれない。だが、さっきの弓子さんの暗い瞳を思い出し、とどまった。

この人は知っているのだ。わたしがこれからどうなるかを。間近でそれを見てきた。父親が衰え、この世から消えていくのを。

急に怖くなった。死ぬのは怖い。死に至るまでの苦痛も怖いが、自分が消えてなくなるのだ。完全に、無になる。これまでも夜中ひとりでそのことを思い描き、恐怖で叫び出したくなったことがある。

認められない。受け入れられない。

窓の外から鳥の声がする。鴉山神社の木からだろうか。

——ねえ、鳥のお家はどこにあるの。

悟の声が耳奥によみがえる。

——お家はないのよ。巣に住むのは、卵をかえして、雛を育てるあいだだけ。あとはああやって木にとまっているの。

実和子が答えている。

いけない。しっかりしなければ。

「知らずにすみません。辛いことを思い出させてしまいました」

目を伏せたまま言った。

「いいえ、いいえ。大変なのは水上さんなのに……。すみませんでした」

弓子さんは顔をあげ、背筋を伸ばした。

「ありがとうございます。大事なことをお話しくださって……」

凛とした声だった。いつものしずかな表情だ。そのおだやかさに心を打たれた。

「そのこと、岩倉さんはご存じなのですか」

「いえ。言っていません。まだだれにも」

言うのが怖い。言ったらそれが現実になってしまう。ほんとうはもう現実なのに、だれにも言わなければ夢ですむような気がしていた。

また鳥の声がして、悟と実和子の声を耳奥に探す。だが聞こえない。もう長い時間が経ってしまった。記憶の欠片は頭のどこかにはいりこんでしまって、ふいに向こうからやってくることはあっても、こちらが探すと見つからない。

「わたし、思ったんです。雲日記、やはり本にするべきではないでしょうか」

弓子さんが言った。なにも答えず、活字の棚を見あげた。

「先ほど水上さんは、言葉を残すのは不遜なことだとおっしゃいました。でも、だとしたら、浮草にある本たちはどうなるのですか」

「その通りです。でもあれは、選ばれたものだ」

「でも、最初からじゃない。あれを書いた人たちは、なにものでもない思いを、それでもどうしようもなく言葉にして、文字にして、だれかを傷つける覚悟で世に出したのではないですか」

「そうですね。おかげでずっと遠くの、ずっとあとの人の心に届いた。それは奇跡のようなことだと思います。でも、わたしは……」

そこまで口にして言い淀んだ。

話してしまいたかった。だがそれもまた甘えだろう。この人に自分の過去を話して、その一部を肩代わりしてもらおうというのか。

「なにかあったのですか」

弓子さんがしずかに言った。

「実際に、水上さんの書いたものが人を傷つけてしまうような……そんなことがあったのでしょうか」

胸の奥をつかまれた気がした。

「そうです」

思わずそうつぶやいていた。

言葉がぼろぼろとこぼれ出し、いつのまにか新人賞を取ったときのことを話していた。

5

文芸部三年で競って新人賞に出したときのわたしの作品には、ある女性が出てくる。大学一年から二年にかけて、一年半ほど付き合った人とよく似た女性が。

名前も容姿も素性も、主人公との出会い方も、すべて彼女とはずらし、別の人間として描いたつもりだった。だがいくら設定を変えても、それはやはり彼女そのものだった。

もともと危うい人だった。深く抱え持ったものがあり、目盛りが振り切れているようなところがある。激しい怒りがあれば相手を刺してしまうかもしれない、悲しみが深ければひょいっと死んでしまうかもしれない。いいじゃない、自分のことなんだから、と言って、越えてはいけない線をすっと越えてしまうような気がした。

だから目が離せなかった。いろいろなことに巻きこまれ、心底疲れてしまっていた。まわりの人からも別れた方がいい、と言われたが、自分が離れれば死んでしまうかもしれない。それが怖くて離れることができなかった。

あるときつまらないことで喧嘩になり、彼女は屋上から飛び降りると騒いだ。なんとか止めたが、学科じゅうに知れ渡ることになり、彼女はそのまま姿を消した。捜しまわったが見つからなかった。わたしの方も彼女の飛び降り未遂事件のせいで針のむしろだった。噂ではわたしが彼女を追いこんだことになっていて、わたしを責めないのは事情を知っている文芸部の連中だけだった。

半年後、彼女は大学に戻ってきた。休学して実家に戻っていたらしい。復学し、わたしのひとつ下の学年になった彼女は、すぐに新しい恋人を作り、同じような騒ぎをくりかえしていた。

みんなで新人賞に応募しようという話になったとき、わたしは書かないつもりだった。彼女の思い出が強烈すぎて、なにを書いても彼女の話になってしまう気がした。それでも岩倉に強く誘われ、別の話を書くつもりで筆をとったのだ。

だが書きはじめると彼女の影がちらつき、物語を侵食してくる。蟻地獄に落ちるように、彼女に似た人を書きはじめている。

いつのまにか書くことに没頭し、取り憑かれたように日々徹夜で書いた。彼女と似ないように、設定はすべて変えたつもりだった。

物語としては破綻していたと思う。放り投げたままの終わり方だったが、それ以上どうにもならなかった。合評でも酷評され、書き直そうとはしたが時間切れでそのまま出した。投函したときは、一次選考にも残らないと思っていた。

だが、賞を取った。作品は雑誌に載った。実感がわかないまま授賞式に臨んだ。選考委員の言葉は厳しかった。こんな世界でやっていけるのか、と頭が真っ白になった。でもそんなことはすぐに吹き飛んでしまった。

彼女がまた自殺未遂を起こしたのだ。今度は飛び降り未遂ではなく、自宅で手首を切った。たまたま田舎から様子を見に出てきた母親が発見したからよかったものの、もう少し遅れていたら死んでいたらしい。

彼女はふたたび実家に戻った。そして、しばらくして、彼女の両親がわたしのところにやってきた。娘はあなたの作品のせいで死のうとした、と言うのだ。

――わかりますか、あなたにこんなふうに思われていた、ということが、どんなに娘を追いこんだか。根も葉もないことを書かれて、あの子はもう大学には戻れないと言っています。東京の大学で勉強することが夢だったのに。

彼女の母親は泣きながら言った。わたしは謝った。設定も出来事も、すべて現実とはちがう。小説を読んだ第三者が彼女と思わないようにしたつもりだった、と。

――だけど、本人はわかるでしょう？　だいたい、あなたはなぜ小説なんか書いたんですか？　娘を貶めるためですか？

――ちがいます。僕はただ、自分の思いをあらわしたくて……。

　どんなに大切でも、人と人はわかり合えない。そのことを書きたかった。

――自分の思い？　なんの権利があって自分の思いを表現してよいと思ったんですか？　だれかを傷つけるかもしれないのに。あなたは自分を特別な存在だとでも思っているんですか。

　頭に冷水をかけられたようだった。

　まちがったことをした。結局わたしは、自分の作品に溺れていたのだ。文学だといえばなにを書いても許されると思っていた。そしてその場で、もう二度と小説は書かない、と誓った。

　編集部の人も、岩倉たちも、そんなのは言いがかりだし、恐れることはないと言った。だが、わたしにとってはそういう問題ではなかったのだ。

　彼女がどうなったのかはわからない。結局大学には戻らなかった。彼女が手首を切ったのは新しい恋人がほかの女性と付き合いはじめたから、という噂もあり、ほんとうのところはなにもわからなかった。

わたしはそれ以来なにも書かなかった。日常生活でもどんどん無口になった。そうやって長いことひとりで生きていた。

四十近くになって、仕事で五歳年下の女性と出会った。実和子というものしずかな女性だ。大学時代の彼女とはちがい、激しいところはなにもない。災害で家族を失い、身寄りはなかった。

心惹かれるものがあって交際がはじまり、少しして結婚。川越で暮らしはじめた。やがて息子が生まれ、悟と名づけた。実和子は子どもに合わせてよく笑うようになった。歌声も聞こえるようになり、家のなかに花が咲いたようだった。

息子が小学校にあがるとき、仕事の都合で地方の街に引っ越した。しずかでいい街だった。息子は楽しそうに学校に通い、仕事もうまくいっていた。

だがある日、悟は交通事故で死んだ。実和子と買い物に出かけた先の出来事だった。実和子にはなんの責任もない。目を離したわけでもなく、ただ居眠り運転の車がふたりに突っこんできて、悟だけが死んだ。

実和子自身も傷を負い、障害も残った。悟が死んだのは自分のせいだと思い、ただ沈みこんでいき、半年後に命を絶った。遺書はなかった。なにも語らず、ただ逝ってしまった。

わたしは勤めを辞めた。社宅に住み続けることもできなくなり、ほかに移った。そのころには父も母も亡くなっていた。やり直す気力もなく、ただぼんやりとひとりで過ごした。貯金も底をつき、家賃も払えなくなり、有り金をすべて使って、着の身着のまま、以前住んでいた川越に戻ってきた。

街をさまよい、川越氷川神社の前に来たとき、子どもの初宮詣のことを思い出した。実和子が、氷川神社は縁結びと家族の神さまだから、と言ったのでここに詣でたのだ。

もうなにもない。泣き崩れ、そのまま新河岸川沿いを歩いた。そうして、高澤橋のところまで来たとき、力尽きて座りこんでしまった。

このまま死んでしまえたら、と思った。日が暮れはじめて通る人も少なかったが、ぼろぼろの服を着た男が泣きながらうずくまっているのだから、はたから見たら絶対に近づきたくなかっただろう。

だが、少しして、となりに男が座っているのに気づいた。自分の父親くらいの歳の人だった。いつからそこにいたのかわからない。わたしが気づいたことを知ると、その人はハンカチを渡してくれた。

いよいよ暗くなり、気温も下がってきたとき、その人は立ちあがり、いっしょにおいで、と言った。

「それが浮草の前の店主、守谷さんだったんですよ」

そこまで語ると、わたしは少し息をついた。弓子さんはなにも言わず、ずっと話を聞いていた。

「守谷さんには子どもがなく、奥さんに先立たれ、浮草の二階にひとり暮らしだった。料理はたいしてできないけど、と言って、ごはんと味噌汁と焼き魚を出してくれた。守谷さんはわたしの事情もなにも訊きませんでした。それで、空いている部屋があるから使ってくれ、って」

二階の居間には大きな窓があって、夜の空がよく見えた。食事のあいだじゅう、わたしはぼうっと空を見ていた。皓々とした月を薄い雲が覆って、流れていく。その動きが素晴らしくて、ただ見とれていた。

「次の日には出ていくつもりだったんですよ。だが久しぶりに布団に横たわったら、めりこむように眠って、そのまま二日間眠り続けました。目が覚めても数日は起きあがれなかった。その間、守谷さんがずっと食事の世話をしてくれたんです」

毎日、ごはんと味噌汁と焼き魚か肉野菜炒め。なにも言わず黙々と食べた。守谷

さんもなにも言わなかった。

「ようやく立ちあがれるようになって、礼を言って去ろうとしました。そうしたら、明日自分の店の大きな棚を移動したいから手伝ってくれ、って言うんですよ。さんざん世話になったあとでしたからね、もちろん手伝うことにしました」

仕事は簡単な棚の移動。本をいったん出し、棚を動かし、ふたたび本を詰める。丸一日えんえんとその作業をくりかえした。

「夕食のとき、明日は本の引き取りに行く、肉体労働だからもう一日手伝ってくれ、って。それで守谷さんのワゴンで本の買い取りにまわった」

浮草はもともと守谷さんの奥さんのお父さんの本を処分するための店だったらしい。守谷さんが奥さんと出会ったとき、お父さんはもう故人だった。だから一度も会ったことはない。

彼は蔵書家で、家が潰れるほどの本を持っていた。亡くなる前、本の処分を娘に託した。本は一冊たりとも棺に入れないでほしい。本の命を絶やしたくない。そして、できれば寄贈するのではなく、古書として売ってほしい。散逸しても必要としている人に読んでもらいたいのだ、と。

古書店に買い取ってもらうことも考えたが、娘は自分で古書店を開くことにした。

父親の本は少しずつ売れていった。それから守谷さんと出会い、守谷さんは古書店を手伝うようになった。店番のかたわら、商品である本を読みふけった。

　そのうち客から、自分が死んだらここで本を引き取ってほしい、と頼まれるようになった。浮草の本はそうしてここに集まってきた。生きている客からは買い取らない。その人が死ぬまで手放さなかった本だけがここにやってくる。そういう店なのだった。それは守谷さんがいなくなったいまでも変わらない。

「気づいたら一週間経っていました。そうしていつのまにか浮草で働いていた」

　わたしは笑った。

「そのうち浮草だよりの編集をまかされるようになりました。守谷さんが作っていたときは手書きだったんですよ。パソコンは持っているけどうまく使えない、って言って。わたしがワープロで作ったらえらく喜んで……。雲日記を書くことになったのも、守谷さんのすすめなんです」

――いい文章だな、あんた、文才があるよ。

　守谷さんの言葉を思い出す。浮草だよりを作って渡すと、いつだって最初に雲日記に目を通してくれていた。

「あの人のおかげで、わたしはいまも生きている」

自分の思いを人に伝えようなんて、不遜なこと、許されないことだと思っていた。だが、守谷さんは許してくれた。だから書いてもいいような気がした。

「はじめは雲の名前や暦にからめた話、雲の出てくる歌や句、詩、小説にまつわる話なんかを書いていた。でもあるとき、悟と雲を見あげたときのことが頭に浮かんだ。まだ川越に住んでいたころ。入間川の土手に行ったときのことです」

三人で川に遊びに行ったのだ。初雁橋のあたりだった。

「夕方、土手の上から、河原の上に広がる雲を見ました。いろんな形の雲がどんどん流れて、悟はその形を真似て、雲になる練習、って言ったんです」

悟は雲を指さしてはその形を真似た。実和子もわたしも笑いながら見ていた。そのうち悟は、わたしたちにも同じことをして、と言った。実和子は恥ずかしがっていたが、わたしは悟といっしょに、土手の上で雲の真似をした。

「雲の形を真似ながら思ったんです。水は地球をめぐっている。雨や雪になって、地上を流れて、海になって、雲になる。わたしたち生きものの身体も水でできてる。人が生きるのは、雲になる練習のようなものかもしれない、って」

「不思議な言葉ですね。雲になる練習……」

唱えるように言って、弓子さんは遠くを見つめた。

「それから文章の端々に実和子と悟の姿が出てくるようになりました。書いているときはふたりとともにいられた。それだって、向こうはそんなことを望んでいないかもしれない。しずかに眠っているふたりを汚しているのかもしれない。そうも思ったけれど……」

川越氷川神社に初宮詣に行ったのは桜の季節だった。新河岸川沿いの桜並木の下を歩きながら、実和子はうれしそうに花を見あげた。

——自分には生きている意味なんてないと思っていたけれど、悟が生まれて少し変わった。神さまが役割を与えてくれたのだから、きちんとまっとうしなくては。

しあわせそうだった。

雲日記にその話を書いたこともある。それが妻の言葉だということは書かなかった。そういう話を聞いた、と書いただけだ。だが、守谷さんはなにか感じることがあったみたいだ。数日後の食事のとき、ぼんやりとその話になった。

「守谷さんと一度だけ家族のことを話したことがあるんですよ。自分がこうして家族の話を書くのはずるいことかもしれない、って言いました。そしたら、守谷さんは、それくらいはいいんじゃないか、って笑ったんです」

弓子さんが少し首をかしげた。

「そのずるさは、そうしないと生きられないから生まれるものなんじゃないかな、って。人の身体は生きたがるものなんだ。いつだって身体は生きたい。そのために悪いことをすることもある。許しちゃいけないこともあるよ。だけど、それくらいのずるなら許してやらなくちゃ。そう言うんですよ」

「許してやる……」

「それに、人は、はっきり説明できるような役割なんてなくても、生きていいんだよ、って言うんです。その人がいることで助かっている人は必ずいるんだ、って。ひとりごとみたいに言いました。涙が出そうになりました。わたしも実和子にそう言いたかった。そう言えばよかったんだ、って」

悟を失った実和子の思いは、そんなことではどうにもならなかっただろう。そのこともわかっていたけれど。

言葉は人を傷つける。だが沈黙もまた人を傷つける。自分が生きることは必ずだれかを傷つける。だが、その逆もある。いまこうやって、守谷さんの言葉に自分は救われている。だから浮草を守ろうと思った。

「雲日記を書くことで、わたしも雲になる練習をしてきたんですよ、きっと。でも、ただそれだけ。本にして、形に残してはいけない。雲には形がないのだから」

少し笑いながら言った。弓子さんはなにか言いたげにこちらを見た。だが迷っているようだった。

「また長居してしまいました。すみません、もう帰ります」

立ちあがり、頭をさげる。窓の外がまぶしかった。

6

店の外まで弓子さんが送ってくれた。

このところ妙にあたたかい日が続いている。外に出てみると少し暑いくらいだ。

「変な話をしてしまってすみません」

ふりむいて言った。

「いいえ。話していただいて、その……うまく言えませんが、うれしかったです。すみません、なにもできないですが……」

弓子さんはうつむいた。ひらひらとどこからか春の匂いがした。

「ねえ、弓子さん、わたしは先が短いから、遠慮せずに言っておきますよ」

弓子さんが顔をあげる。

「この前来ていた、あの悠生さん、って人のこと、好きなんじゃないですか？」

思い切って言った。

弓子さんが目を見開く。

「あの人も、あなたのことが好きなんじゃないですか？　だからここの仕事を……あなたのことを手伝ってるんじゃないですか？」

ふだんならこんなふうに他人の感情を憶測するようなことはしない。だが、なぜか捨て置けなかった。

「わかりません、悠生さんの気持ちは……」

弓子さんはうつむいた。

「でも、わたしは……」

うつむいたまま、ぽつんとつぶやく。

「自分と同じように活版印刷を愛する人と出会って、運命かもしれないと感じました。でも、それは自分に都合のいいように考えているだけのような気もします。悠生さんには悠生さんの人生がありますから」

小さな声だった。考え考え、言葉を選びながら話している。

「運命なんてものはないですよ。みんな自分で決めなければならない」

　わたしは言った。

「でも……」

　弓子さんが目をあげる。

「自信がないのです。わたしには以前、結婚する予定だった人がいました。相手が仕事で海外に行くと決まったとき、同時に父の病気がわかりました。父をひとりにはできなかった。結婚より父の介護をとったんです。だから、わからない。悠生さんの会社は盛岡に本社があります。実家も盛岡ですから、いつか帰ることになるかもしれない。でもそのとき、わたしは三日月堂を選んでしまうかもしれない」

「そうかもしれません」

　わたしは答えた。

「ただ、前の人とは結局縁がなかったということだと思いますよ。でも、悠生さんはちがうかもしれない。あなたは組版で、彼は印刷。同じものを追い求めている。もちろんいまの時代、活版印刷でどこまで行けるかはわからないですけど」

　言いながら、なぜこんなに懸命に語っているのだろう、と思った。本来、他人が口出しするようなことじゃない。

「でも、思うんですよ。夢だけがその人の持ち物なんじゃないか、って」

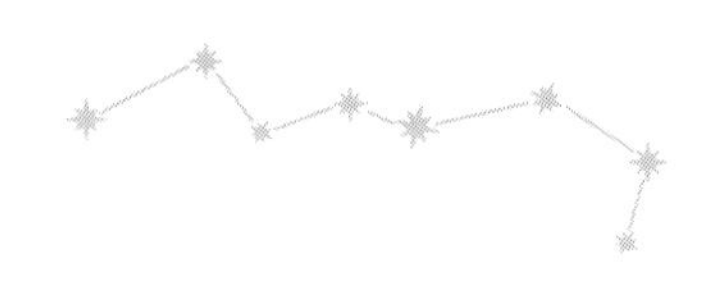

「夢だけ……？」

弓子さんがぽかんとした。

「自分の身体も財産も借り物でしょ？　大切な人も、大事にしていたものも、最後はすべて世界に返さなくちゃならない。仕事、業績、世のため人のためにしたこと。どれもその人の死後もこの世に残る。本人は持っていけない。生きるためにしたことはなにもかも世界のもので、その人のものじゃない」

「そうですね」

「でも、その人の思い、記憶、夢だけはその人とともに消える。その人だけのものなんです。形のない夢だけがその人の持ち物なんですよ。だから、大事にしなくちゃいけない。同じ夢を持った人。こんな縁はそんなにないでしょう？」

弓子さんは無言だった。

「まずは想いを告げてもいいんじゃないですか。先のことはあとで考えればいい。一度しかない人生なんだから……」

そう言いかけて、はっと口を閉じた。

——一生とは、こんな短いものだろうか。これでよいのか。だが、それだからいのちは貴いのであろう。

山村暮鳥の『雲』の序文が頭によみがえる。

一生とは短い。そして、わたしの一生はもうすぐ終わる。

はじめてその意味するところがくっきり見えたような気がした。

「もうひとつ、怖れていることがあるんです」

弓子さんの声がした。

「わたしの母は、わたしが三歳のときに病気で亡くなりました。くわしいことはわからないのですが、母の母も、母が幼いころに亡くなったのだそうです。だからわたしは、家族を持つことが怖いのです。子どもが生まれても、その子を残して死ぬかもしれない」

「それもまだわからないことですよ。親と同じになるとはかぎらない。それに……」

じっと弓子さんの目を見る。

「あなたはいまここにいる。不幸ですか？」

「しあわせだと思います。いろいろありますが、ここにこうしていることができて、よかったと思ってます」

「なら、よいのではないですか。お母さんもお祖母さんも亡くなった。子どもの成

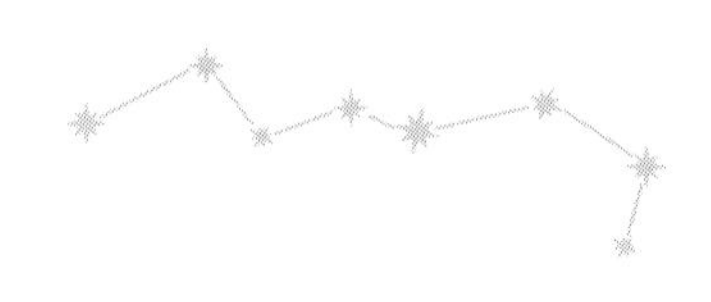

長を目にすることができなかった。でも、あなたはちゃんとここにいる。いまを大事に、生きている。命は繋がったんですよ。それでよいのではないですか」

弓子さんは目を伏せ、しばらく黙った。

「わたしたちにできることなんてたかが知れてる。先のことを考えすぎてもしょうがない。なるようになる。そう思うくらいでちょうどいいんじゃないですか」

「水上さん」

弓子さんが目をあげ、わたしをじっと見た。

「もし、ですよ」

ふうっと大きく息を吸い、口を開く。

「もしわたしが悠生さんに想いを伝えたら、水上さんも雲日記を本にしますか?」

思いもよらない問いに、一瞬意味がわからなかった。

雲日記を本にしますか?

驚き、あきれた。この人はそのことをここまで考えていたのか。自分の父親と重ねているのか。

「置いていってほしいんです。残してほしいんです。全部ひとりで持っていかないで、水上さんの思いを、岩倉さんや、わたしたちのもとにも……」

弓子さんは真剣な顔で言った。

「だから……」

口ごもり、目を伏せる。

なんなんだろうな、この人は。しずかなようで、意外と頑固。それにいつも人のことばかり考えている。そうすることで、ようやく生きてる。

「そうですね、じゃあ、その逆はどうですか？　わたしが雲日記を本にする、と言ったら、あなたはちゃんと悠生さんに自分の想いを告げますか？」

弓子さんがあっと息を呑むのがわかった。なにも答えられず、きょろきょろと視線を泳がせている。

「冗談ですよ」

わたしは笑った。

「だけどね、それはあなたにとって、とても大切なことだ。そんなことを交換条件にしてはいけませんよ」

弓子さんは目を丸くした。

「そう……ですね。すみません」

それだけ言って頭をさげる。

「ありがとう。いろいろわかった気がしますよ。雲日記は自分ひとりで書いたものじゃない。妻がいて、子どもがいて、守谷さんがいて、自分のかかわったいろんな人がいて、その人たちの言葉が混ざり合ってできたものだ。もともとわたしひとりのものじゃない。だから、返さなくちゃいけないんだな」

手放して、世界に返さなくちゃいけない。

——お前の本を作りたい。俺はそのために編集者になったんだから。

岩倉の言葉がよみがえり、胸がいっぱいになる。

あのころの友人とは縁を切ったつもりだったのに、岩倉はやってきた。いま、このときに。こんな縁があるだろうか。

ありがたい。ありがたいことだ。

「考えておきますよ」

わたしは小さく言った。

「ほんとうですか」

弓子さんがうれしそうに手を合わせる。

「わたしも……考えます」

そう言うと、くすっと笑った。

川沿いの桜が咲いていた。まだ三月だというのに、もう満開に近い。

もっとあとでよかったのに、と思う。ずっとずっとあとで。

来年の桜は見られない。だから遠ければ遠いほどよかった。

風が吹いて、花びらが散った。こぼれるようにはらはらと舞った。思わず手を伸ばす。

「どうしてだよ」

声が出た。

どうして散るときまで、そんなにうつくしいんだ。わたしはもうすぐ世界から消えるのに、寸前まで捨てきれなくなってしまうじゃないか。

世界をうつくしいと思ってしまうじゃないか。

わたしを忘れないでくれ。

みっともない、と思いながら泣いていた。

いつだったか、母に背負われて、こんな花の道を歩いた。実和子と悟と花の道を歩いた。どれも全部、遠いむかしの話だ。

いくら手を伸ばしても、散っている花びらに触れることができなかった。花びら

は空気のようにふわふわと舞って、指のあいだをすり抜けていった。世界も同じだ。結局大事なものは全部指のあいだをすり抜けていった。

死んでも実和子や悟には会えない。天国なんていうものはない。あったとしても神を信じない自分の行けるところではないだろう。人は死んだら終わり。すべて消えてなくなる。そう考えると怖くなる。だが。

雲になる練習。

土手を歩いていた悟を思い出す。

雲だったら。人が死んで焼かれて身体から出た水分が空に還るとき、魂のひとかけらくらいいっしょに行けるかもしれない。そんなふうに、雲にはあれやこれやの魂が寄り集まっているかもしれない。

わたしというものはなくなっても、かつてわたしだった魂のかけらが、悟や実和子だった魂のかけらと同じ雲を作るときもあるかもしれない。

あの日から自分は幽霊みたいなものだと思っていた。だけどちがった。わたしはずっと生かされていた。だから、生きているものとして最後の仕事をする。わたしのなかで育った言葉を、この世界に返す。

きれいだな。散っていく花を呆然と見あげる。

ありがとうな。

いつまでも忘れたくなかった。この世から消えてしまっても、花のなかを歩き続けていたかった。

三日月堂の夢

1

桜が咲いている。

届け物のあと、新河岸川沿いの道を歩きながら、川に散る桜を見ていた。なにがあっても春になれば毎年桜が咲く。あの震災の年もそうだった。父が死んだ年も。どんなときでも、桜はうつくしかった。

ずっとむかし、ここを母と歩いた気がする。祖母や祖父、父と歩いたこともある。みんな向こうに行ってしまった。だが、桜の下にいると、むかしの記憶が重なって、つかのま、だれかが隣にいるような気がしてくる。

桜は、春の女神、木花開耶姫の依代だと聞いた。そして、桜の大樹の下は「にわ」、すなわち神をまつる場所なのだ、と。

生も死もすべて桜の下に集まってくる。どんなに悲しく苦しいときでも、桜の下にいるときだけは、桜に心を奪われる。生きて死ぬことの儚く、かぎりないうつくしさのなかに溶けていく。

今年の桜はとても早い。三月のうちに咲いてしまった。水上さんは桜、見ただろうか。あのときの話を思い出し、胸が締めつけられた。亡くなった父と重ねるのは、それを表に出したのは、いけないことだった。水上さんは自分の死を意識してしまっただろう。

今日は火曜だから浮草は休み。店の扉は閉じられ、なかは暗い。窓のガラスが外からの光を反射している。

——生きている客からは買い取らない。その人が死ぬまで手放さなかった本だけがここにやってくる。

浮草はそういう店だと水上さんは言っていた。

何度も通い、何度も本を買った。あの本たちはすべて、だれかが死ぬまでその本棚に、心のうちに入れていた本だったのか。店でながめるうちに引き寄せられ、家に連れ帰りたくなる。それは本が人を呼んでいたからなのか。

水上さんがいなくなってしまったら、浮草はなくなってしまうのだろうか。心の居場所を失うようで、さびしくなった。

手キンで名刺を刷る。

お客さまの希望で、和紙に刷ることになっていた。桜色のうつくしい紙で、やわ

らかく、手漉きなので耳もついており、自動機では刷れない。薄くひらひらした耳の部分は桜の花びらのようだ。花びらを集めて作った紙に文字を刻むようだった。

去年の秋以来、紙ものの販売イベントに誘われることが多くなった。めぐりんに紹介されたおかげで、遠方からの依頼も増えた。悠生さん経由で、本町印刷からの委託の仕事も来るようになり、これまでに比べるとだいぶ忙しくなった。

仕事をはじめたころは、やっていけるとは思ってもいなかった。お客さまのなかには大丈夫なんですか、と心配する人もいた。もちろん、いまでもようやく生活できる程度ではあるけれど、数ヶ月先までの目処は立つようになった。

最近は楓さんも手キンで印刷することができるようになった。パソコンの操作も自分でできるようになり、庭のカードの制作を続けている。

大型印刷機を使う大きな仕事は、悠生さんがやってくる週末にまとめて行っている。いつまでも悠生さんに頼り続けるわけにはいかない。自分で動かせるようにならないと、と思う。でも実際には通常業務が忙しく、なかなか手がまわらない。

「こんにちは」

入口から声がして、見ると岩倉さんだった。水上さんの大学時代の友人で、いまは小さな出版社をしている、と言っていた。

「こんにちは。どうかされましたか」

水上さんのことだろうか。まさかなにかあったのか、と少し心配になる。

「弓子さん。今回はありがとうございました」

いきなり岩倉さんが言った。

「なんのことですか?」

なぜお礼を言われるのかわからなかった。

「水上が……本を出す、って」

岩倉さんは目を輝かせて言った。

「ほんとですか?」

驚いて訊き返す。ほんとうに考えてくれたんだ。本を出すって、決心してくれたんだ。この前別れるとき、水上さんは「考えておきますよ」と言っていた。

「昨日の晩、電話がかかってきたんです。お前が引き受けてくれるなら、本を出したい、お願いしたい、って」

あれだけ水上さんの本を出したがっていたのだ。胸がいっぱい、という表情だ。

「弓子さんのおかげなんです。水上が言ってました。あれから弓子さんといろいろ話して決心がついた、って」

「わたしはなにも……」

「いえ、弓子さんのおかげだと思います」

岩倉さんがわたしの手を取り、ぎゅっと握った。ふっくらとあたたかい生命に包まれたようだった。

「水上の文章を本にするのは長いあいだの夢だった。一生かかって、ようやくそれがかなうんです。これ以上のことはない。ほんとうにありがとう」

岩倉さんは何度も頭をさげた。

「いえ、それはたぶん、岩倉さんのお気持ちが伝わったんだと思います。水上さん、言ってました。岩倉さんが自分のことを覚えていて、本にしたいと言ってくれたのが、ほんとうにうれしかった、って」

「それは……。でも、とにかく決意してくれたんです。一年くらいじっくり時間をかければ、きっといい本になる」

岩倉さんがうれしそうに言った。

一年くらいじっくり時間をかければ……？

岩倉さんは、まだ知らないのか。水上さんの余命のこと。水上さんは話していないんだ。

「でも……。ひとつ条件がある、って言うんです」

岩倉さんが言った。

「水上、自分の本は活版印刷で作りたい、三日月堂に頼みたい、って」

「えっ」

言葉を失った。水上さんには本を出してほしいと思ったし、それをうちで作れるならそんなうれしいことはない。だが、現実的に考えると、そんなことができるとは思えなかった。

「水上さんのお気持ちはうれしいですが、この前も言った通り、うちは端物屋なんです。本が作れるかどうか……」

「大学時代にわたしたちが同人誌の印刷を頼んでいた印刷所だって端物屋でしたよ。ここと同じくらいの……。だけど作れた。それに、この前見せてくれたじゃないですか。『我らの西部劇』。あれはここで刷ったのでしょう?」

「はい。でも、この前もお話しした通り、あれはもともと祖父が組んだものがあったからで……」

「水上は内容を厳選して、できるだけ分量を減らす、と言っています。ほんとうに大事なことだけにまとめたい、って。すべて活字となったら、費用もかなりかかる

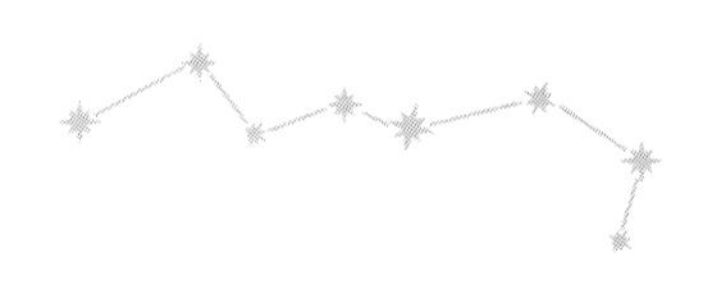

でしょう。それでもいい。わたしたちの本は、活版で出したい」

岩倉さんの真剣な眼差しに圧され、目を伏せる。

水上さんの最後の本なのだ。引き受けたい。

だが、本一冊の量となれば、組版に相当の時間がかかる。水上さんの余命を考えると、空いている時間に少しずつ、というわけにはいかない。数ヶ月間、組版に集中しなければならなくなる。

そうしたら通常業務ができない。もう納期の決まっている仕事もあるし、本の仕事をしていたら三日月堂がまわらなくなってしまう。

「ゆっくりでいいと思うんです。こちらもゆっくり原稿に時間をかけて、少しずつお渡しする。お仕事の合間に少しずつ組んでもらって、すべてできあがったら刷る。一年か二年で形になれば……」

「水上さんはそれでいいとおっしゃってるんですか？」

岩倉さんはたぶん水上さんの余命のことを知らないのだ。だが、わたしの口からは言えない。

「え？」

「スケジュールのことです」

「いえ、それが、水上自身は半年で仕上げたい、って言うんですよ。改稿やまとめ方のこともあるから、もう少し時間をかけよう、って提案したんですけどね、なんとしてでも半年で、って」

そこで止まり、ぽかんと宙を見上げる。

「でも、変だな。むかしの水上は、締め切りをのばしてくれ、と言うことはあっても、早くしろ、なんて言ったことはない。なにかあるのかな」

岩倉さんは首をひねった。

「ちょっと確認してみますよ。これから水上のところに行くつもりだったので」

そう言うと、店を出て行った。

2

岩倉さんからは、その後連絡がなかった。気になってはいたが、わたしから連絡するのはためらわれた。岩倉さんがふたたび店にやってきたのは、二日後の昼過ぎのことだった。

「こんにちは」

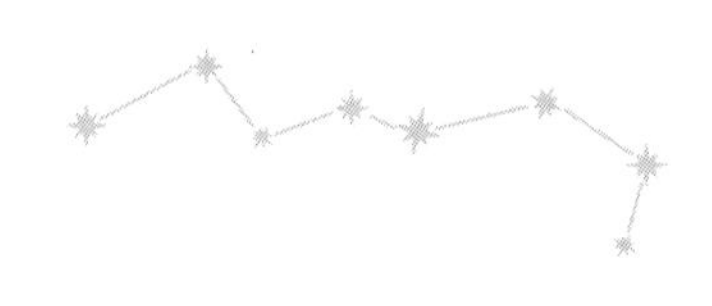

それだけ言うと、入口のところでじっと立ち止まっている。この前とは顔つきがちがった。あの話を聞いたのだな、と思った。

「まずははいって、おかけください」

わたしが声をかけると無言のまま店にはいり、小さな机の横に大きな荷物をどさっと置き、椅子に座った。

「いまお茶を淹れますね」

やかんに水を注ぎ、お湯を沸かす。急須にお茶の葉を入れ、湯呑みをふたつ棚から出した。しゅうしゅう音がしてお湯が沸く。いったん湯呑みに注いだお湯を急須に移し、お盆に置いて運んだ。

「聞きました」

わたしが机にお盆を置くと、岩倉さんがぼそっと言った。

「そうですか」

湯呑みにお茶を注ぎ、向かいの椅子に座った。

「いろいろ聞きました。息子さんと奥さんのこと。あの店に来た経緯。それから病気と余命のことも。卒業してから、いろいろあったんですね。知りませんでした」

岩倉さんがため息をつく。

「弓子さんは知っていたのですね。水上から聞きました。ほんとはだれにも話すつもりはなかった。わたしにも。本を作るとなれば、そのことを告げなければならない。またいつか、ということにしておけば、わたしもまた半年か一年後あたりに来て話そう、と考えるだろう。そう思っていたそうです」

お茶の緑の水面が揺れている。

「だけど、あなたに話してしまった。雲日記を本にしてほしい、と言ってくれたんですよね。聞きました」

岩倉さんがうなだれる。

「おかげで水上も決心してくれた。ほんとうに、感謝してます」

声がふるえている。机の上に涙がこぼれるのが見えた。

「いえ、わたしはなにも……」

「もう少し前に来ていれば……。歯がゆいですね。時間は巻き戻せない」

岩倉さんが顔を上げる。

「いや、でも、間に合った、って考えるべきですね。この前浮草に寄ったのはほんとにたまたまだったんです。立花から話を聞いてすぐに行きたかったんですが、仕事が忙しくて。いつでも行ける、って思ってたんですね、きっと」

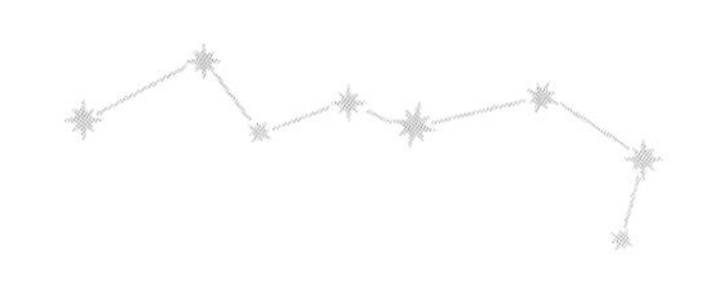

　少し落ちついた口調になり、湯のみに口をつけた。

「ああ、でも、ほんとは、水上と会うの、わざと先延ばしにしていたのかもしれないなあ。会うのが怖かった。ずっと音信不通だったし、どんなふうになっているか見るのが怖かった」

「そうだったんですね」

「わたしはもともと水上に引け目を感じてましたから。水上には特別のものがある。自分には絶対に手にはいらないもの。大学時代、それを目の当たりにしたときはショックだった」

　岩倉さんは天井を見あげた。

「でも、水上の書いたものを読むうちに、あきらめがついた、というか、目が覚めた、というか。それからは水上を応援したい、ってずっと思ってました。けど、あの新人賞の件は……あれはわたしにも責任がある」

「責任？　どうしてですか？」

「水上はずっと気にしてたんですよ。あのモデルになった女性のこと。これを出しても大丈夫だろうか、って。立花とわたしは、彼女とはだいぶ変えてあるし、ここまでずらしてあれば大丈夫だよ、絶対に応募しろ、って押した。水上も、そうだな、そもそも賞なんてそうそう取れるわけないし、って言って……」

「でも、賞を取ってしまった」

「ええ。それからの話は聞いたでしょう？　結局そのせいで水上は筆を折った。賞を取ったのがあの作品じゃなかったら、水上は作家になっていたかもしれない」

「それは、岩倉さんの責任ではないと思います」

「水上もそう言いました。書くことは本質的にそういう危険を孕んでいる、ずらそうがごまかそうが、物語には必ず作家の人生がにじみ、まわりの人間は必ず傷つく。作家になれるのはそれに耐えられる人間だけ。自分は耐えられなかった。ただそれだけだ、と」

水上さんの目は鋭い。あの目で観察されたら、自分のなかまで見透かされてしまう。自分でも気づかない部分がえぐり出され、言葉になって人目にさらされる。それで傷つく人はいるだろう。

「でもね、その言葉が遠くの人間に届いて、なにかを変えるかもしれない。ずっと遠くに暮らす人、ずっと未来に暮らす人に言葉を届ける。それが本の役目なんですね。わたしは水上の言葉にそういう力があると思った」

「わたしもそう思います」

「あれから水上といろいろ話しました。本のことも。それで……」

岩倉さんは身体をかがめ、下に置いたカバンに手を伸ばす。カバンのなかからなにか取り出し、机に置いた。

「これは……」

古い雑誌だった。表紙は色上質紙に黒の一色刷り。あちこちが破れ、本文から外れかかっている。

「むかしわたしたちが作っていた同人誌です」

岩倉さんは雑誌を開いた。なかの紙は週刊誌に使われるような更紙。黄ばみ、ところどころ破けている。上下ひっくり返った文字や、横倒しになっている部分もあり、上手な組版とは言えない。

「かなり誤植もありますよね。自分たちで拾って、自分たちで組んでましたから。しかも、みんな締め切りを守らない。だから、ちゃんと校正する時間もない。いつもたいてい一発勝負でした」

岩倉さんは笑った。

「それは、すごいですね」

わたしも少し笑った。

「印刷所が終わってからの作業なので、いつも深夜だったんです。夜十時過ぎに先輩の家に集まって、夜中じゅう文選と組版をしていた。活字を拾う感覚、いまでも覚えてますよ。印刷所の手伝いもしてましたからね」

岩倉さんは楽しそうに言った。

「あのころに作った雑誌、捨てられなかった。これこそ自分の青春だった」

「ええ、わかります。雑誌作りへの熱意が伝わってくる」

文学にかける意気込みが伝わってくるような誌面だった。

「水上は案の定、すべて処分してしまっていた。読みたくない、って。それで、昨日の夜持っていったんです。ふたりで一晩じゅう読んでいた。おかげで帰りがいまになった。今日はこれから会社に行きます。まったく、大学生でもないのに、バカですねえ」

岩倉さんは笑った。

「でも、楽しかった。水上も自分の作品を読み直して、まったく覚えてないなあ、って笑って。自分が書いたとは思えない、なかなかいいじゃないか、って」

わたしもつられて笑った。

「それでね、話したんです。本を作るなら、やっぱり活字で印刷したい、って」

岩倉さんの言葉に息を呑んだ。

「この空気をもう一度呼び起こしたい。水上も同じ思いです。水上はとくに、あなたに作ってもらいたい、と言っています」

「水上さんが……」

「水上の最後の本だから、っていう個人的な思い入れだけの話じゃ、ないんです。版元としてもいろいろ考えた結果です。たしかに、いま活版で刷るというのは完全な贅沢です。本の価格も高くなり、読者に負担をかける。手に取ってもらいにくくなる。道楽と言う人もいるかもしれない」

「そうですね。本でいちばん大事なのは言葉です。印刷の方法じゃない」

「その通りです。わたしが人に届けたいのは水上の『言葉』です。でも、ほんとうにそれだけでしょうか。あれから何度も自分のところで出した本をながめた。水上の言葉に置き換えようとした」

岩倉さんはいったん言葉を止め、机の上の湯呑みを手に取った。

「たとえばこの湯呑み、手で作ったものですよね」

「はい。そうです。むかし旅行に行ったときに祖母が買ったもので……」

そうだった、あれはわたしが高校生のころ。祖父母と父といっしょに萩に行った。

そこで祖母が買ったのだ。お客さま用の湯呑みにする、と言って。

そんなに高いものではないが、祖母はかなり悩んで選んでいた。わたしたちにこっちがいいか、それともこっちがいいか、と何度も訊き、祖父も父も飽きて外に出てしまい、わたしだけがいっしょに最後まで悩んだ。

だからよく覚えていた。祖母は結局淡い色の器を選んだ。上の方が白く、下の方が桃色のような土のような色をしている。大学時代、ここに手伝いに来ていたころ、わたしも何度もこの湯呑みにお茶を淹れ、お客さまに出した。

「湯呑みの役割はお茶を入れること。だとしたら別に工場で作られたマグカップだっていいでしょう？　だけどわたしたちは人の手で作った湯呑みを好む。それでお茶を飲む時間を豊かにするためです。ここに印刷物を頼みに来る人もそうでしょう？　ハガキでも名刺でも、特別の手触りを求めてくる」

「それはそうですね」

「水上の本をどんな形にしたいか。考えていてわかったんです。『ずっとともにいて、大切にできる本』なんじゃないか、って」

ずっとともにいて、大切にできる本……。

「人の手で作られたことが伝わる本。価格が少し高くなっても、活版の本には魅力

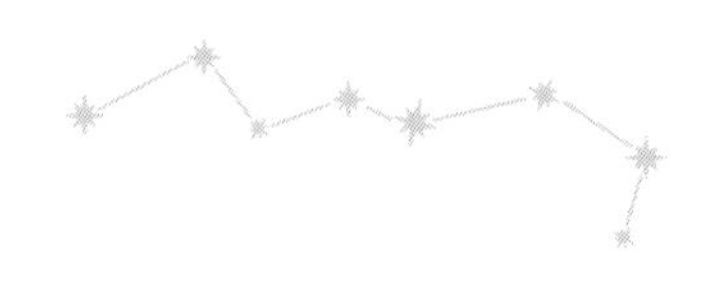

がある」

岩倉さんは強い口調で言い、じっと黙った。

「岩倉さん」

しばらく沈黙が続いたあと、わたしは言った。

「わたしは活版印刷で生計を立てていた祖父を見ているので、活版印刷を工芸品のように考えるのには少し抵抗があります。それに、うちの印刷物を工芸品だと主張する気もありません」

活版印刷は特別なものじゃない。かつてはあたりまえのものだった。名刺やハガキだけじゃない。伝票も、役所や学校の文書も、むかしはすべて活字を組んで刷っていた。祖父はそういうあたりまえのものを作ることに誇りを持っていた。

「でも、おっしゃりたいことはよくわかります。わたしも本を作りたいのです。いろいろな仕事をするうちにその思いがはっきりしてきました。大それた夢です。でも、平台を動かしたかったのもそのためなんです」

岩倉さんはじっと聞いている。

「水上さんの本ならなおさらです。わたしも雲日記が好きですし、本にしてほしいと思った。その本作りにかかわれるなら、ほんとうにしあわせです。ただ……」

「経営のことですよね」

「はい。でもそれもなんとかできる気がします。それより問題は印刷です。本を作るなら平台を使うことになります。でも、まだわたしひとりではじゅうぶんに動かせない。悠生さんに来てもらわなければなりません」

「なるほど。彼はほかの会社にお勤めなんでしたね」

「いまは週末にときどき来てもらうだけでなんとかなっています。でも、本一冊となるとそうはいかないでしょう。しかも短期間で刷らなければならない」

「彼に頻繁に来てもらわないとどうにもならないということですね」

「はい。いずれはわたしひとりでできるようにならないと、と考えていました。でも、この仕事を請けたら組版だけでなく文選も必要になる。平台を動かす時間はとても取れません。そちらはだれかにまかせるしかない」

「活版印刷は熟練を要しますからね。バイトを増やしてもどうにもならない。資金的なことなら協力できるかと思ったんですが、そういう問題ではないのか」

岩倉さんも腕組みをしてじっと考えはじめた。

「わたしひとりでは決められません。土曜日には悠生さんがここに来ることになっていますから、そのとき相談してみます」

「わかりました。ありがとうございます」
「大事な本のことですから。なんとかかなえたいです」
そう言うと、岩倉さんは、お願いします、と言って頭を下げた。

3

岩倉さんが帰ったあと、仕事をしながら、水上さんの本のことを考えていた。

母のノートが頭に浮かんだ。短歌がぎっしりと書かれたあのノート。母の歌は世に出ることはなかった。母だって、世に出すところまでは考えていなかっただろう。でも、聡子さんと裕美さんに頼まれて母の短歌をカードに印刷したとき、たった一首だったけれど、母の心が空に羽ばたいた気がした。

雲日記を三日月堂で刷る。できるならそうしたい。でも、可能なのだろうか。週末は楓さんが手伝ってくれるようになったとはいえ、仕事はいっぱいいっぱいだ。明後日には悠生さんも楓さんも来る。そのとき相談するしかない。この話を持ちかけたら、ふたりはなんと言うだろう。無理をしてでもやる、と言うかもしれない。それでいいのか、自信が持てない。

時計を見ると六時をすぎていた。今日は珈琲店の桐一葉に納品に行くことになっていた。

桐一葉はこの仕事をはじめてすぐのころからのお客さまだ。ハルさんの紹介でショップカードを作りに来て以来、俳句入りコースターを注文してくれている。

あのときは、わたしが勝手にコースターを作ってしまったんだっけ。桐一葉の由来になった俳句があまりにも素敵だったので、注文されたわけでもないのにコースターを作ってしまった。それを店主の岡野さんが気に入ってくれて、月替りで季節の句をコースターにしてきた。

あれから一年半が過ぎ、コースターも二十種類になった。だから最近は一ヶ月に二種類のコースターがある。ふたり連れのお客さまには二枚別々のコースターを出している、と言っていた。

桐一葉に着き、重い木の扉を押す。薄暗く、しずかな空間が広がっていた。平日の昼間だからか、お客さまはあまりいない。

「こんにちは」

カウンターのなかの岡野さんに声をかける。

「ああ、弓子さん、わざわざすみません」

岡野さんがカウンターの外に出てきた。

「できましたよ、四月のコースター」

机の上に包みを置いた。

「ありがとうございます」

岡野さんが包みを手に取り、開く。

「ああ、いいですね、やっぱり。弓子さん、いま時間大丈夫ですか？　お客さまも少ないですし、コーヒー、飲んでいきませんか？」

「ありがとうございます」

岡野さんはカウンターのなかにはいって、コーヒーを淹れはじめた。うしろにあるカップの棚の上には、一枚ずつ全種類のコースターが並んで立っていた。

「もう二十種類になりますよね。でも、あたらしいものを見ると、やっぱりいい」

岡野さんはつぶやいて、ドリップをはじめた。カウンターに置かれたあたらしいコースターを見た。今回は「行く人の霞になつてしまひけり」という正岡子規の句だった。岡野さんの話によれば、霞というのが春の季語らしい。

行く人の霞になつてしまひけり

霞になってしまひけり……。水上さんの「雲になる練習」という言葉を思い出した。

「霞になる、って不思議な表現ですよね」

わたしは岡野さんに訊いた。

「春の霞んだ空気のなかに、遠ざかる人の姿もまた霞んでいく、という意味でしょうね。でも、死を感じさせる、と言う人もいます。伯父の好きな句だった」

岡野さんの伯父さんはこの店の先代だ。高浜虚子の句「桐一葉日当りながら落ちにけり」にちなんで、店を「桐一葉」と名づけた。数年前に亡くなったがやはり俳句が好きな人で、岡野さんは伯父さんから俳句を習ったらしい。

「伯父はよく言ってました。すごい文人というのは、死に向かうとき、死を味わっているんじゃないか、と感じることがある、って」

「死を味わう?」

「ええ。死もまた生きる道程のひとつ。それを味わい尽くす。恐怖もあるだろうけど、それも含めて死を丸ごと味わい、噛みしめる。常人にはとてもできない。おそ

ろしいものだ、って」

そう言われて、もう一度コースターの文字を見た。文字の奥に、霞が広がって、向こうに暗い闇がある。

「はい、どうぞ」

カウンターのなかから岡野さんがカップを出す。コーヒーの香りがふんわりと広がった。カップを手に取り、少し口をつける。苦い、甘い、濃い香り。

「いい香りですね」

なぜか少しほっとして、自分がいままで張りつめていたのだと気づいた。ずっと水上さんと水上さんの本のことを考えていて、身体に力がはいっていた。

「はじめて『桐一葉』の句のお話を聞いたときから感じていましたが、俳句というのはおそろしいものですね。一行しかないのに、とても重い」

「そうですね。こうして一行だけ刷られると、またそれが際立つ。これを見てほかの句も読んでみる気になった、というお客さまもいて、つくづく活字の力だ、と思うんですよ。三日月堂さんにお願いしてよかったなあ、って」

「ありがとうございます。わたしもこういうことがあったから俳句に触れることができました。勉強になった、と言いますか……」

少し言葉に迷う。

「うまく言えませんが、見える世界が豊かになりました」

「それはうれしいですね。お客さまのなかには、全部集めてます、っておっしゃる方もいますよ。来るたびに一枚ずつ集めて、箱に入れている、って」

「そうやって集めてもらうのはありがたいです」

「活字や活版印刷に興味を持つお客さまもたくさんいらっしゃいますよ。この文字にはほかにない力がある、って」

　岡野さんがしずかに微笑んだ。考えてみれば、いまの三日月堂があるのは、桐一葉と岡野さんのおかげなのだ。

　桐一葉のコースターを見て依頼に来た人もたくさんいるし、入口のガラス戸の内側のカーテンをやめて、なかが見えるようにしたら、と助言してくれたのも岡野さんだった。

「岡野さんって、このお店で働いて、何年ですか？」

「さあ、何年だろう？　伯父が亡くなって継いだわけだから、八年くらい……かな。その前に二年くらい見習いで働いてたからそれを合わせると十年。意外と長いな」

　岡野さんはくすっと笑った。

「そのあいだ、迷うことってなかったですか?」

「迷う? しょっちゅう迷ってますよ。豆のこととか……」

「いえ、そういう迷いではなくて、従業員を増やすか、とか、店を大きくするかしないか、とか……」

「経営のことですか? この店をこれ以上大きくする気はなかったから、そういう迷いはなかったなあ。でも、なぜですか? 三日月堂のことで悩んでることでも?」

「はい。ひとつ大きな仕事のお話が来て、請けるべきか……」

「弓子さんはどうしたいんですか?」

「わたしは……請けたいです。今回はいろいろ事情もあって……」

水上さんの病気のことまでは話せず、少し口ごもった。

「その仕事自体が不可能、ってわけでもないんです。がんばればできるかもしれない。でも、仕事のやり方をこれまでと変えなければならないから、お客さまや手伝ってくれている人たちに迷惑をかけるかもしれない」

「うーん、なるほど」

岡野さんは少し黙った。

「くわしいことはわからないけど、やってみたらいいんじゃないですか？　弓子さん、前に言ってたでしょう？　慣れたことだけしてたらダメなんだ、って」

たしかに言った。桐一葉の最初の仕事のとき。あのときも慣れないはじめてのことをたくさんしたんだ。

「それって、三日月堂が大きくなろうとしてる、ってことなんじゃないですか？　どんな店でも、大きくなるときには似たような悩みがあると思いますよ。迷惑をかけたり、助けてもらったり、失敗したり、ってこともあるでしょうけど、それをしないと大きくならない」

「そうですね」

迷惑も失敗も、自分ひとりのことなら簡単だった。自分でもう一度がんばればいいだけだから。だけど今回は、わたしひとりではどうにもならない。人を頼らなければならない。それが怖いのだ、と気づいた。

扉のあく音がして、お客さまがはいってくる。いらっしゃいませ、という岡野さんのしずかな声が聞こえた。

「コーヒー、ごちそうさまでした。また来ますね」

岡野さんに声をかけ、桐一葉を出た。

土曜日の朝、悠生さんと楓さんがやってきた。作業をはじめようとしたふたりに雲日記のファイルを見せ、水上さんの本のことを話した。

岩倉さんから印刷を依頼されたこと、そして、水上さんが余命半年であること。

「本一冊組めるのか、正直自信はありません。それに、この仕事を受けたら、しばらくこれまでのような形では通常業務がこなせなくなります。印刷を担当する人も必要になる。悠生さんには頻繁に来てもらわなければならなくなりますし、楓さんも……」

口ごもり、うつむく。

「請けましょうよ」

悠生さんの声がした。顔をあげ、悠生さんを見た。

「その仕事、請けましょうよ。盛岡に来たとき、弓子さん、言ってましたよね。本を作りたい、って。それに、これまで三日月堂のあり方を見てきて、ここは活字での仕事を重視する場所だと思った。本の依頼があるなら、作るべきです」

きっぱりとした言葉に少したじろいだ。

「そうですよ。わたし、協力します。三日月堂は、弓子さんは、わたしが夢を探すのを手伝ってくれた。だから、わたしも弓子さんの夢のお手伝いをしたいです」

楓さんが真剣な目でわたしを見る。

夢……？

「でも、これは大きな仕事です。自分の夢だから、っていう理由で決められることじゃ……」

——夢だけがその人の持ち物なんじゃないか、って。

水上さんの言葉が頭をかすめた。

——形のない夢だけがその人の持ち物なんですよ。

「それはあなただけの夢じゃないでしょう？」

悠生さんがつぶやく。

「水上さんの、岩倉さんの夢。それに……」

言葉を切り、あたりを見回す。

「ここにある活字の、印刷機の『夢』。三日月堂の『夢』なんじゃないですか」

「三日月堂の……夢……？」

悠生さんの言葉に胸を衝かれた。

三日月堂の夢。ここにある活字や印刷機の。印刷所のなかを見回す。壁いっぱい

の活字。ずしりと光る印刷機。子どものころから親しんできた印刷所の風景。

ここに住んでいたころ、祖父は危ないからと言って、仕事中は印刷所に入れてくれなかった。だけど、祖母とふたりになったとき、一度だけ仕事を手伝ったことがある。

あれは、この家を出る前の日。祖母を手伝ったあと、祖母がご褒美にいっしょにレターセットを作ってくれた。わたしの名前のはいったレターセット。父のところに行ってから、わたしは祖母に手紙を書いた。

大きくなったら印刷屋さんになりたいです。印刷屋さんになって、本を作りたいです。

そう書いたのだ。

「そして、それは僕自身の夢でもあるんですよ、弓子さん。僕は、盛岡であなたのあの言葉を聞いたから、いまもここの仕事を手伝っている。僕も本を作りたいんです。活版印刷で本を作りたいんです」

悠生さんが言った。

「意味があるのかもわからないし、持続性のある話じゃないかもしれない。だけど、作りたいんだ。印刷がはじまったら、週末の休みには必ず来るし、平日も退社後可能なかぎりここに来ます。少し無理をすることになるけど、そんなのどうとでもなりますよ」

悠生さんは笑った。

「だいたい、夢っていうのはそもそも自分勝手なものなんじゃないですか。必要なことの外にあるものなんだから。世のためになるかもわからないし、人に迷惑もかける。それでも引かずに求め続けた人だけがかなえることができるんです。失敗もするかもしれません。でもいいじゃないですか」

「わたしも来ます。母に相談して、学校が終わったあと、できるだけ毎日来るようにします。雑用はまかせてください」

楓さんはそこまで言うと、大きく息を吸った。

「水上さんの本は、原稿をまとめるのに時間がかかりますよね。組版の仕事がはじまるのはそのあとでしょう？　だからそれまでに、わたしに伝票や発注書の書き方とか、インキの扱い、掃除の方法……、とにかく雑用を全部教えてほしいんです」

楓さんの冷静な計算に舌を巻き、しっかりしなければ、と思った。

そう、組版はすぐにはじまるわけじゃない。その前にいろいろ準備しなければ。岩倉さんときちんとスケジュールや仕事の進め方を相談して……。

「それから、実は『街の木の地図』の豊島さんと安西さん、活版印刷に興味を持っているんです。わたしがふたりに活字や機械の扱い方を教えれば、ワークショップを手伝ってくれるかもしれない」

はきはきとしゃべる楓さんの顔を見つめる。

「でも、大丈夫？　学校の勉強は？」

悠生さんが訊いた。

「大丈夫です。ちゃんとやります」

楓さんが胸を張る。

変わったなあ、と思う。はじめてここに来たときは、自信がない表情で、必死に自分を守っている感じだったのに。

「たのもしいな」

悠生さんが笑った。

ほんとうに。たのもしい。

「じゃあ、まかせる」

わたしも笑った。なぜかほっとしていた。

「悠生さんも、ありがとう。よろしくお願いします」

深く頭をさげる。

「こちらこそ」

悠生さんがにっこり微笑んだ。

4

そのあとすぐに岩倉さんに電話して、印刷を引き受けると伝えた。

「ほんとうですか」

「はい。みなに相談し、了承を取りました。お仕事、お請けします」

「ありがとう。水上にも伝えます。よろしくお願いします」

「ただ、作るからには絶対に半年で仕上げたいんです」

わたしは言った。

「こちらも本を丸ごと一冊作るのははじめてで、試行錯誤もあると思います。でも、完成したものを水上さんにお見せしたいのです」

「わかりました」

岩倉さんの声色が変わる。

「こちらの体制も整えなければなりません。一度お目にかかってご相談したいのですが」

「わかりました。明日うかがいます。ご都合、大丈夫でしょうか」

「大丈夫です。昼過ぎにお越しいただけますか？」

午後一時に岩倉さんがこちらに来る、と決まり、電話を切った。

それから悠生さんと楓さんとカレンダーを見ながら相談した。いまは四月のはじめ。半年後の十月はじめをタイムリミットと考え、十月一日までに絶対一冊は本を仕上げる、と決めた。

本の形にするためには、印刷のあと製本しなければならない。だから八月末までに印刷を終わらせたい。そこから逆算して、プランを立てていった。

「いちばん時間がかかるのは文選と組版ですからね。校正もあるだろうし……」

悠生さんがカレンダーをにらみながら言った。その通りだ。いったん組んでも大幅な直しがはいったりしたら……。

「校正？」

楓さんが首をかしげた。

「文字を修正する作業よ。活字を組んだら一回刷って、原稿通りか確認するの。文字がまちがってたり、抜けていたり、ひっくり返ったりしていないかチェックして直す。文章のチェックをする校閲という人が言葉や文のまちがいを指摘して、著者自身も修正を入れる。言葉を大きく入れ替えたり、組み替えたり、一文丸ごと削除したり足したりすることもあるから……」

「活字は物質だからね。組み替えるとなれば、ひとつずつ活字を外したり、入れ替えたり、詰めたりしなければならないんだよ。その修正が行をまたぐと、次の行もすべてずらさなければならなくなる」

悠生さんが言った。

「そうか、ＤＴＰだったら一字削除すると自動的に次からの字が移動してくるけど、活版印刷では、活字を手で動かさなければならないんですね」

楓さんがうなずく。

ある行が一字減ったら、次の行の頭の字を抜いて前の行のいちばん下に足し、同様に次の行もずらす。段落が変わるまでその作業が続く。

行が動かせない場合は、一行のなかの字と字の間隔を変える。字と字のあいだにスペースを作る込めものをひとつひとつ入れていくのだ。

「それは果てしないですねえ」

楓さんがため息をついた。

「あれ、でも……」

楓さんが天井を見上げてつぶやく。

「だったら、こうしたらどうですか？」

そう言って、わたしたちを見た。

「水上さんは浮草だよりをパソコンで作っているんですよね。そしたら、そのデータをＤＴＰソフトに流しこんで、本の形に組んでしまうんです。それを印刷して、校閲さんや水上さんに修正を加えてもらう。文章を完全な状態にしてからプリントアウトして、活字を組むときの見本にするんです」

「なるほど。活字を組んだあとの修正はほんとうの誤植だけってことにすれば、ずいぶん手間が減るな」

悠生さんが言った。

「そうか、完全な形で組んだサンプルがあれば、行ごとにチェックできるから、組むときのまちがいもかなり防げる。いいアイディアですね」

そう言って楓さんを見ると、楓さんは恥ずかしそうに微笑んだ。

印刷、組版にかかる日数を概算し、原稿の量にもよるが、DTP上で六月半ばに完成していればなんとかなるだろう、とまとまった。

翌日、岩倉さんと水上さんがやってきた。スケジュールや仕事の進め方に関するこちらのアイディアを話す。

「なるほど、活版で修正を入れるのはたいへんな作業ですからね。そうしたら、DTPで完成させるところまではわたしの方で進めますよ」

岩倉さんが言った。

「大丈夫でしょうか？」

「もちろん。それが編集の仕事ですから。DTPソフトの扱いにも慣れてますし。水上と相談して内容を選び、DTP上で編集し、校正、修正まで行う。それを印刷して、三日月堂さんに渡す」

「その後、組んだものの校正刷りを出します。それを見て、誤植をチェックしていただく。でも、ここではあまり時間をかけられません」

「わかりました。そのときは誤植以外の修正はないようにします」

岩倉さんが笑った。

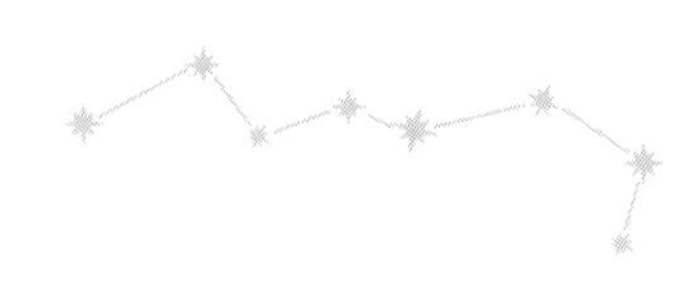

「いえ、ページをまたがなければなんとかしますよ」

わたしも笑った。

「無理を言ってすまなかったね。引き受けてくれて、ありがとう」

水上さんがしずかに言った。

「いえ。こちらこそ、お話をいただいてうれしかったです」

わたしは頭をさげた。

「わたしには身寄りがない。だから言葉を残す相手もいない。でも、これまで生きるなかで世界から受け取った言葉を、きちんと返したい。岩倉にも皆さんにもほんとに感謝しています」

「とんでもないです。こちらこそ精一杯努めます」

悠生さんも頭をさげる。

「時代錯誤と言われるかもしれない。それでも、わたしの勘がこれしかないと言っています。無理を言って申し訳ないですが、どうかよろしくお願いします」

岩倉さんが言った。

「僕もここに来るようになってから、ずっと活版で本を作ることを考えていました。僕にとっても、活版印刷は祖父や大叔父から教わった大切なものです。かつては本や新聞や雑誌を毎日毎日たくさん作っていた、その記憶を伝えたいんです」

浮草に並んだたくさんの本。あのなかにも活版印刷の本がたくさんあった。あの本たちを刷った版は、おそらくもうどこにもない。でも、そうやって刷られた本があったからこそ、いまの本がある。

「わたし、実はいま、すごくわくわくしているんです」

そんな言葉が口を衝いて出た。

「本を作るのが楽しみで、早くとりかかりたいと思っている。それが水上さんの雲日記であることも、光栄だと思っています」

「ありがとう」

水上さんが微笑んだ。

「わたしにとって、この本作りが人生最後の仕事になると思う」

声がしずかに響く。水上さんの顔を見つめる。岩倉さんも悠生さんも楓さんも、じっと黙っている。

「自分には過ぎたご褒美だと思っている。ちゃんと期日までにやり遂げる。皆さんに迷惑はかけない……いや、もうかけているのかもしれないけど」

水上さんが笑う。

「とにかく、これ以上の迷惑はかけない。この仕事を、最後まで見届けられるよう、がんばることにするよ」
「はい。わたしたちもがんばります。期日に絶対間に合わせます」
わたしはしずかに言って、水上さんに頭を下げた。

本作りがはじまった。

水上さんと岩倉さんはふたりで過去の雲日記を読み返し、本に収録するものを選ぶ。同時に、わたしは岩倉さんと紙や造本についての相談をはじめた。製本は岩倉さんの前の出版社時代の取引先にお願いすることになった。

装画については、わたしが昌代さんの先生である今泉さんを推薦した。昌代さんも今泉さんも川越の近くに住んでいて、浮草にも何度も行ったことがあるようだった。浮草だよりもいつも読んでいたらしく、本のことを話すと、ぜひ装画を担当したい、と言ってくれた。

何枚か雲を描いた版画を作って持ってきて、水上さんもなにか通じるものを感じたらしく、すぐに今泉さんにお願いすることが決まった。

デザインと本文レイアウトは金子さんに依頼することになった。金子さんも前から本を作ってみたかったのだそうだ。この二年で組版についてかなり勉強し、活版ならではのデザインにしたい、と言っていた。

計画では、組版、印刷のピークは楓さんの夏休み期間になる。楓さんと相談し、夏休みはフルタイムで三日月堂に来てもらうことになった。

悠生さんは有給とお盆休みを合わせて少し長めの休暇を取ってくれることになった。盛岡への帰省もせず、ずっと三日月堂に出てくれる。その期間を本の印刷に充てることにした。

岩倉さんの誘いで、かつての文芸部の仲間が数人、交代で文選を手伝ってくれることになった。もう引退して仕事のない人たちで、水上の本を作る手伝いができるなら、とボランティアで参加してくれることになったのだ。

浮草の方も、岩倉さんが立花先生に相談し、五月から、安西さん、豊島さんがバイトに来ることになったらしい。水上さんの体調的に、ひとりでの営業がむずかしくなってきたからだ。楓さんの提案もあり、豊島さんたちはバイトのかたわら三日月堂で活版印刷を学ぶことになった。

かかわる人も増えるし、これまでとは比べものにならないくらいの忙しさだ。やっていけるのか、と不安になる。楓さんが体調を崩さないようにしないと。もちろ

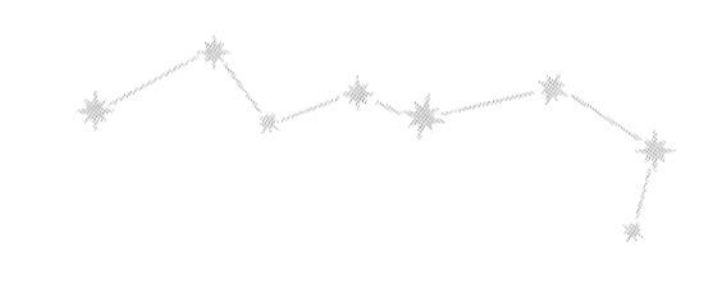

んわたし自身もだ。組版はわたしがするしかないのだ。絶対に休めない。
がんばらなければ。黙々と作業する楓さんを見ていると、背筋が伸びた。

5

五月の連休明け、打ち合わせのために浮草を訪れた。気持ちよく晴れた日だった。空には小さな雲がぽっかりと浮かんでいる。浮草は定休日で、日の光が差しこむ店内には、水上さんと岩倉さんしかいなかった。

水上さんは元気そうだ。顔色も悪くない。原稿をまとめる作業で疲れていないか心配していたが、原稿に向かっていると高揚して、いつもより気力が充実しているくらいだ、と笑っていた。

「でも、むかしみたいにはいかないな。仕事をしているあいだはいいんだが、終わると急にぐったりする。前はこんなこと、なかったのになあ」

水上さんは少しさびしそうにため息をついた。横顔を見ながら、少し痩せたかな、と思う。父は、痩せることを恐れていた。自分の命が削られていくように感じていたのだろう。

雲日記の原稿選びはほとんど終わったらしい。

「とりあえず、原稿選びはだいたい終わったよ。全体の分量は、原稿用紙で二百二十枚程度ってとこ。金子さんが作ってくれた雛形に入れたら、扉や目次、奥付を入れて百五十ページちょっとだった」

岩倉さんが手元の書類を見る。

「薄いけど、なんでもかんでも入れるより、ほんとうに大事なことだけにしぼった方が読者にも伝わると思うんだ」

水上さんは言った。

「そうですね、雲日記のような文章なら、ぎっしり詰まっているより、ゆったりしている方が合うように思います」

わたしもうなずいた。

「読み返してみると驚くよ。自分で書いたのに、すっかり忘れちゃってるものもあってね。あれ、こんなこと書いたっけ、って」

そう言って、くすくすっと笑った。

「でも、楽しいよ。知らない自分に出会ったような気持ちになる。選ぶのに迷って、浮草の常連さんにも訊いてみたんだよ、雲日記で印象に残っているものはあります

か、って。そしたら、みんなちがうことを言うんだ」

「そうか。そういうものかもしれないな」

「わたしが思ってもいなかった話を選ぶ人も多くて、面白いもんだなあ、って。そのくせ、わたしがずいぶん時間をかけて調べて書いた雲のうんちく話をあげる人は全然いなくて、ちょっとがっかりしたけど」

水上さんの話に、岩倉さんもわたしも少し笑った。

「でも、岩倉にも意見を言ってもらったし、いまのセレクトで満足してるよ」

「じゃあ、プリントして、一度校閲を通して内容をチェックしてから送るよ」

「校閲か。なんだか緊張するなあ」

水上さんが笑う。

「久しぶりだもんな」

岩倉さんも笑った。

「いや、はじめてみたいなものだよ。同人誌には校正なんてなかったし、校閲がはいったのは新人賞のときだけ。なにも覚えてないよ」

水上さん、新人賞の話をすることにあまり抵抗がなくなったのかもしれない。時間を巻き戻すことはできない。でもこんなふうに語り合うことで、いっしょに過去をたどっている。縛られていたものから解き放たれている。

「なあ、岩倉」

水上さんがつぶやく。

「この本がうまくいったら、今後も活版で本を作り続けるのはどうだろう?」

「え?」

岩倉さんが訊き返す。

「うん。いまの出版界のスピードとはちがうだろうけど、こういうことを求める人はまだまだいるような気がする」

「そうだなあ。たくさん作ってたくさん売って、という方法もそうそう続かないだろう。わたし自身、それに疲れてこの会社を起こしたんだから。いいかもしれないな、活版印刷のレーベルを作るとか……」

岩倉さんがつぶやく。

「ねえ、弓子さん。そのときは協力してあげてくださいよ」

水上さんがこっちを見た。

「え、ええ、考えてみます」

迷いながら答える。まだこの本一冊を作り上げることで頭がいっぱいで、そんな

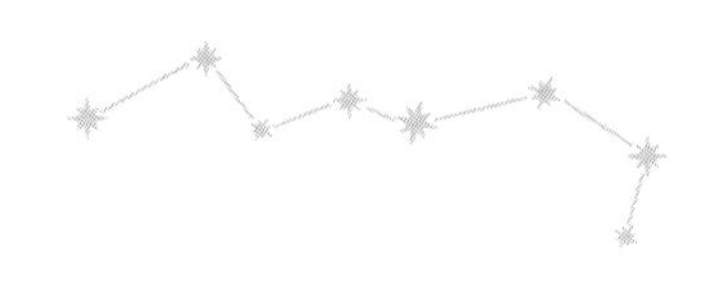

ことまで考えられない。

「ゆっくり考えてください」

水上さんが笑う。

「いやいや、三日月堂さんもこればかりってわけにはいかないでしょうし。それに、まずはこの一冊を作らなくちゃ」

岩倉さんが笑った。

「そうだな」

水上さんは宙を見あげ、満足そうに息をついた。


三日月堂に帰ると、ハルさんがいた。楓さんと話しこんでいる。

「ああ、弓子さん。お帰りなさい」

ハルさんが言った。いつもの自転車もないし、川越運送店の制服じゃない。仕事で来たのではないらしい。

「どうしたんですか？」

「ああ、今日は、早番でね」

「ハルさん、水上さんの本のことを訊きにいらしたんですよ」

楓さんが言った。

「そう。本の話、進んでるんでしょう?」

ハルさんがいつものくりくりした目でこっちを見る。

「はい、原稿はだいぶかたまってきたみたいです」

「水上さんは元気そう?」

川越一の事情通のハルさんは、もちろん水上さんを知っている。川越運送店の得意先でもあるし、ハルさん自身も休みの日には浮草に寄ることもあって、水上さんとも何度も話したことがあるそうだ。

「ええ、お元気でしたよ」

「そう、よかった」

ハルさんはほっと息をつく。病気が治ったわけではない。いつなにが起こるかわからない。それでも、いまは元気だ。

「本のことなんだけどね」

ハルさんが言った。

「本ができたら、販売するのよね。それは岩倉さんの会社でされることなんだろうけど、この街でもなにか協力できないかな、って。浮草は川越の人たちにとって大

切な場所だから、販売に協力してくれる人もいると思う。桐一葉のまあくんに話したら、うちの店にも置きたい、って」

「岡野さんが？」

ハルさんは岡野さんが子どものころから知っているらしく、いまでも岡野さんをまあくんと呼ぶ。

「ええ。まあくんも浮草の常連さんだったみたい。句集をよく買ってるって」

「そうなんですね」

「ほかにもいらっしゃると思うのよ。いつも朗読会をしているkuraの店主さんも本好きで、浮草の常連さんだし」

「わかりました。今度、岩倉さんに会ったら話してみます」

そう答えると、ハルさんはにっこり笑った。


その日は楓さんと和菓子屋さんのショップカードを刷った。

楓さんは呑みこみが速い。半年間で手キンの使い方にはすっかり慣れてしまった。いまは位置合わせから印刷圧の調整まで、すべてひとりでできる。

絵を描いているだけあって、目もいい。細かなかすれ、にじみも見つけ出し、調整してきれいに仕上げる。いい加減なことがきらいな性分なのだろう。だから信頼してまかせられるのだ。

わたしが祖父から手キンの使い方を習ったのも高校生のときだった、と思い出した。あのころは週末になると横浜からやってきて、ここの仕事を手伝っていた。肩をいためた祖母が心配だったのもある。でも、いま考えると、印刷が楽しくて仕方がなかったんだと思う。

活字は四角い。とくに日本語の文字はどれもひとつずつ正方形におさまっている。その小さな四角をきっちり並べ、インキをつけ、紙にあてる。そうすれば文字が刷れる。確実で、ゆるぎない。そのあたりまえのことに安心感を覚えていた。

「ねえ、楓さん」

「はい」

手キンのレバーを握った楓さんがふりかえる。

「さっき浮草に行ったとき、水上さんが岩倉さんに言ってたの。自分の本がうまくいったら、これからも活版印刷の本を作らないか、って」

「ほんとですか?」

「もちろん、この本がちゃんとできて、反響があって、ある程度売れたら、ってこ

とだけどね。水上さんの本は特別かもしれないけど、岩倉さんだって会社の仕事としてやってるんだし、社員さんへのお給料もあるから」

「そうですよね。三日月堂だって、工賃をもらえないと潰れちゃいますもんね」

楓さんが、あはは、と笑う。

「けど、うまくいったらいいですねえ。活版印刷の本が増えたら素敵だと思いますよ。ゆくゆくは、カナコさんの歌集も作ってほしいな、って」

「母の？」

「ええ。わたし、あの短歌のカードの文字を見て、ここに来たんですから」

そうだった。母の友人だった聡子さんと裕美さんが、母の二十七回忌に、母の詠んだ短歌を印刷したカードを作ってくれた。その一枚が母の大学の同級生だった楓さんのお母さんに届き、楓さんはそれを見てここにやってきたのだ。

「ほかの歌もとても素敵でした。本になったら、ってずっと思ってたんです」

夢みたいだな、そんなことができたら。

水上さんの本の仕事で三日月堂にはいる工賃はそれほど高くないが、楓さんのお給料と悠生さんへの謝礼は払えそうだ。うちは下請けだから、工賃だけ考えていればいい。本を作り続けられるかどうかは岩倉さんの会社の問題だ。

いったい何冊売れたらいいんだろう。千冊？　二千冊？　いや、それでは利益が出ないだろう。人件費もあるのだ。岩倉さんの会社はほかに収入源があるそうだけど、せめてとんとんでなければ……。

「わたし、がんばりますよ。ワークショップも開催して、イベントでの販売もして、ちゃんとこれで食べていけるようになりたいんです」

「そうなの？　本気？」

驚いて楓さんを見た。

「はい。父と母にも相談済みです。大学は行った方がいい、って言われましたけど、そのあともこの仕事を続けたいんです」

楓さんが胸を張る。

「わたし、ここで働いていろんなことがわかったんです。この仕事はいくらで頼まれていて、これだけ時間がかかって、材料とかの費用がかかって、だからわたしのバイト料がこうなって、って。稼ぎがなければ賃金だって払えない」

「そうだね」

「大きな会社のサラリーマンって、会社全体がなにをしているのかわからないまま、給料をもらってるじゃないですか。自分がどうしてそれだけもらえるのかよくわか

ってない。そういうの、なんか落ち着かないな、って思ったんです」

楓さんはたくましい。最初に感じていたよりずっと。

楓さんが働きはじめたとき、バイト料が払えるか不安だった。赤字覚悟で来てもらうようになった。だけど、それから少しずつ収入が増えはじめたのだ。

「でも……」

楓さんがつぶやいた。

「問題は印刷ですよね。悠生さんがいないと本は刷れない」

「でも、悠生さんだって本業があるし、水上さんの本が一段落ついたら、わたしが機械を動かせるようにならないと……」

「無理ですよ」

楓さんが即座に言った。

「組版も印刷も、っていうのは無理だと思います」

「でも……。悠生さんの家は代々本町印刷に勤めてるでしょ。悠生さんだって、いつ盛岡に帰ることになるか、わからない。三日月堂のためにここに残ってくれ、とは言えないでしょ？」

「そうでしょうか。わたしはまだ高校生だから、会社とかそういうことはよくわかってないかもしれません。でも、わたし、悠生さんはほんとは弓子さんといっしょに三日月堂をやりたいと思ってるんじゃないかと……」

「本町印刷は大会社でしょ。大きな仕事がたくさんあって……」

「大きな仕事ってなんですか?」

　わたしの言葉を遮って、楓さんが言った。

「たしかに本町印刷にいたら、大きな会社から頼まれた大きな仕事ができるかもしれません。でも、活版印刷はできない」

「そうね。活版印刷は……できない」

　盛岡の本社に平台はある。でも、もう活字はない。あの機械を動かすことはもうない、と大叔父さまも言っていた。

「ここじゃないとできないこともあるんじゃないですか。弓子さん、前に言ってたでしょう、ひとりだけじゃダメだって。三日月堂の、弓子さんの夢をかなえるためには、悠生さんが必要なんじゃないですか」

「でも、それは……」

　わたしが決めることじゃない。本を作るのは僕自身の夢でもある。悠生さんはあのときそう言ってくれた。だけど、それとこれとは話が別だ。いまの三日月堂に、

本町印刷の給料と同じ額を払うことはできない。

「弓子さんは、人に迷惑をかけるのが嫌なんですよね」

楓さんが大きく息をついた。

「それもある。でも……」

わたしはつぶやいた。

「でも？」

楓さんがじっとわたしの目を見た。

「たぶんわたしは怖いんだと思う」

「なにがですか？」

「三日月堂が倒れること……かな。三日月堂がなくなってしまったら……わたしにはなにも残らないから……」

そう言うと、楓さんはぐっと黙った。

「まあね、それは全部水上さんの本を完成させてからの話。いまは、いまできることをしっかりやりましょう」

自分に言い聞かせるように言った。

「そうですね。わかりました」

楓さんが微笑み、うなずいた。

6

六月の半ば、岩倉さんから原稿が完成した、という連絡がきた。校閲のチェックも入れ、水上さん自身の校正も二回入れた。あとはこのまま活字を組んでほしい、と言う。

本文は百六十ページ。悠生さんが夏の休暇に印刷をはじめるためには、八月十日までに版を仕上げなければならない。一日六ページ組むのを目指すことにした。

岩倉さん、水上さんの文芸部の仲間が毎日交代でやってきて、活字を拾ってくれる。立花先生や岩倉さん自身が来てくれたこともあった。わたしは午前中に通常業務をこなし、午後は組版に集中した。

最初のうちは一日四ページが限界だった。わたしの組版にも時間がかかったし、ボランティアの人たちも数十年ぶりだから活字を探すのに時間がかかる。拾いまちがいも多かった。ほんとうにこれで終わるのか、と不安になった。

だが、しだいに作業は速くなった。文選のスピードもあがり、七月にはいってか

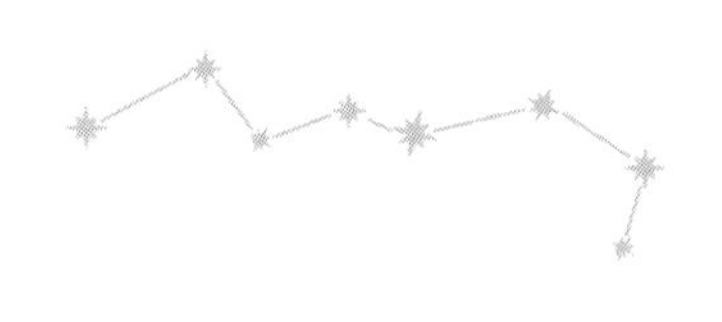

らは、一日七、八ページ組める日もあった。一ページずつ組んだものを結束し、棚に並べていく。

期末試験が終わると、楓さんが夕方やってきて、小口の印刷をしてくれるようになった。週末には悠生さんもやってきて、楓さんにはできない印刷をしてくれる。

水上さんは浮草の店頭に立てる時間がだんだん短くなり、代わりに豊島さんと安西さんが店を動かしている。もう新しい本は買い取らず、いまある本を売っていくだけのようだが、仕事は問題なくこなせているようだ。

春から計画していた夏休みのワークショップも満席になったらしい。場所は小穂さんの勤める図書館と、前に朗読会を行ったkuraの二箇所。豊島さんと安西さんもときどき三日月堂にやって来て、楓さんから手キンの使い方を習っている。

三日月堂は人でいっぱいになった。ボランティアの人たち、女子高生に女子大生、ときには金子さんや小穂さん、前に観光案内所でバイトしていた大西くんが顔を出すこともあった。多い日は十人近い人が印刷所にいて仕事をしている。

話し声、小型自動機を動かす音。ときどき笑い声も交じる。週末には悠生さんが動かす平台の音もした。にぎやかだった。

むかしはこうだったのかもしれない。わたしがここに住んでいたころは、もう祖父と祖母しかいなかった。だけどここがいちばん繁盛していたころは、十人以上従業員がいた、と聞いていた。

──厳しかったのよ、おじいちゃんは。

祖母はよくそう言った。父も似たようなことを言っていた。印刷所には一日じゅう祖父の怒鳴り声が響いていた、と。わたしが知っている祖父は、厳しかったけどおだやかだった。でもあれは歳をとってからの姿だったんだろう。

職人さんたちが文選箱やゲラを抱えて歩きまわる。機械が大きな音をたて、祖父の怒鳴り声が響き渡る。そんな光景が目に浮かんだ。


ある日、水上さんが様子を見にやって来た。にぎやかな印刷所をながめながら、まぶしそうに目を細め、むかしみたいだなあ、と言った。

三日月堂ではなく、水上さんたちが同人誌を作っていた、先輩の印刷所のことらしい。その印刷所もいまは廃業し、機械も活字もすべて処分したのだそうだ。

かつての文芸部の仲間も何人か来ていて、何十年ぶりかの再会を果たした。なかにはむかし水上さんの作品を酷評したメンバーもいたが、雲日記を読んだがなかなかよかった、歳をとって奥行きが出たんじゃないか、と言い、まわりから、お前の

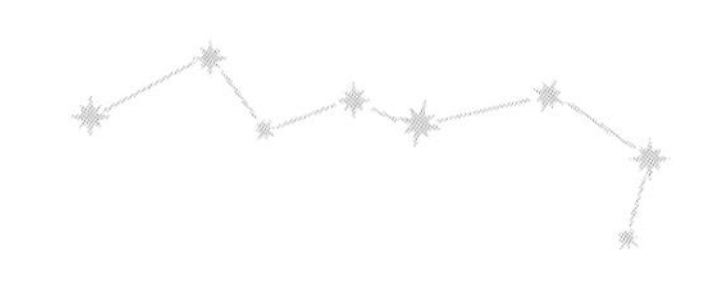

批評家然としたところはあのころとまったく変わってないな、と笑われていた。

「みんな、協力してくれてありがとうな」

水上さんが言った。

「いやいや、俺たち、ただ暇人なだけだから」

「そうそう。仕事もないし、家にいたってやることないしねえ。岩倉に駆り出されて、逆に感謝してるんだよ」

「もう一度、活字を拾ってみたかっただけ。前みたいにさ」

その言葉にみんなふっと黙る。

「まあ、まかせとけよ。しっかり一文字ずつ拾ってやるから」

「大丈夫かなあ」

水上さんがからかうように言う。みんな笑って、水上さんも笑った。


七月下旬、本文が組み上がった。二ページずつ並べて校正機にかけ、岩倉さんに回す。一行ごと、一ページごとにＤＴＰで組んだ見本と比べながら進めていったのだが、どうしても誤植は出る。文字のまちがいのほか、文字が天地逆さまになっていたり、横倒しになっていたり。

毎晩みんなが帰ったあとも、ひとりで夜中まで作業を続けた。電球の光で活字が鈍く光り、言葉の銀河に浮いているような気持ちになる。

雲日記の文章は素晴らしい。誤植を直すはずが、赤字のはいった校正ゲラをいつのまにか読みふけっているときもあった。この一ヶ月あまり、ずっと水上さんの世界で暮らしているような気がする。

雲になる練習の話も出てきた。水上さんの息子さんの話だ。雲日記のどこにも、奥さんと息子さんが亡くなったことは書かれていない。だが、文章に出てくる息子さんはいつも幼い。そこで時間が止まっている。

だけど、と思う。生きている息子さんの時間は止まっても、水上さんといっしょにこの数十年を歩いてきたのかもしれない。雲になる練習をしながら、いっしょに土手の上を歩いてきたのかもしれない。

その晩、夢を見た。

浮草に行くと、水上さんが車に乗ろうとしているところだった。軽トラックで、荷台いっぱいに本を積んでいる。

——どこか、出かけるんですか。

わたしは訊(き)いた。

――ええ、遠くに行くんですよ。この本を売りにね。

水上(みなかみ)さんはにこにこ笑いながら言う。

――もう浮草(うきくさ)は閉(と)じることにしました。本が少なくなってきたんですよ。だからもう店はいらない。この車にのせて、本屋のない土地に行って、売ろうと思うんです。

見ると浮草(うきくさ)のなかは空っぽで、薄暗(うすぐら)い。浮草(うきくさ)がなくなってしまうのか。少しさびしい気持ちになる。でも、水上(みなかみ)さんは清々(すがすが)しい顔をしていて、見ているうちにそれでいいのかもしれない、と思う。

――どのあたりに行くんですか。

――そうですね、海の方に行こうと思います。この川をくだっていけば、いつか海に出ますよね。

水上(みなかみ)さんは新河岸川(しんがしがわ)を見ながら、いまにも歌い出しそうな顔で言う。

――いい天気ですからね。前から決めていたんです。出発の日が晴れだったら海へ、雨だったら山に行こう、って。

――そうですか。

――海に向かっていって、途中(とちゅう)の町で本を売るんです。本がだんだん少なくなって、車もいらなくなったら、今度は全部トランクに詰めて、船でしか渡れない島に行く。本を売り切ったら、あとは浜辺で海を見ながら過ごそうと思うんです。

——いい計画ですね。

——そうでしょう？

水上さんは得意げに言う。空には長い筋雲が浮かんで、にじんでいる。

——この店にも世話になりました。長いこと、わたしを置いてくれた。

水上さんが浮草に向かって礼をする。

——もう行きますね。

にっこり笑って、車に乗る。

——じゃあ。

エンジンの音がして、車が走り出す。手を振ったところで目が覚めた。

水上さんのことが心配になって、印刷所を開ける前に浮草まで走った。店の近くまで行くと、水上さんが店の前の鉢に水をやっているのが見えた。息を切らしながらほっと胸をなでおろす。

父が亡くなる前もそうだった。いつもいつも不安で、父がいなくなってしまうような気がして、毎晩よく眠れなかった。

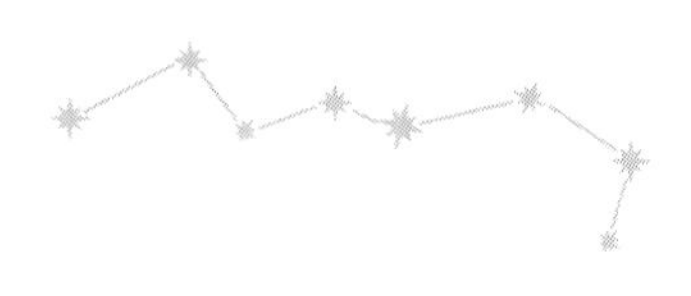

朝日を浴びて、浮草のガラスが光っている。三日月堂に向かって歩き出す。まだ大丈夫。心のなかで何度もそう唱えた。

十日、悠生さんの夏の休暇がはじまった。

誤植の修正も終わり、今日から印刷だ。

三日月堂の平台で刷れるサイズを考え、紙一枚の片面に八ページを配置することにした。裏表で合計十六ページだ。

紙をふたつ折りにし、それをさらにふたつ折りにして、とくりかえすと、十六ページの束ができる。機械のサイズによって束のページ数は変わるが、この束を重ねて綴じ、紙の端を切り落とすことで本になるのだ。

印刷する際は、紙を折って綴じたときにページが順番にならぶように版を配置していく。

平台に組付け、均と木槌で活字の高さをそろえ、表面の凹凸をなくす。さらに、試し刷りをして、ムラ取りを行う。問題のある字は交換、さらに胴張りに小さく切った紙を貼って胴ムラ取りを行う。

何度もルーペで試し刷りを見て、細かい調整を行う。悠生さんもわたしも食事のとき以外は朝から夜まで無言で作業を続けた。

お盆なので、楓さんも休み。三日月堂には悠生さんとわたししかいない。ふたりで黙々と版と印刷機に向かい、気づくと夜になっている。

仕事を終えてから、二階で簡単な夕食を摂る。ゆっくり作っている時間はないから、ごはんと味噌汁と簡単な煮物だけ。そのときだけおしゃべりをした。水上さんのこと。悠生さんのお祖父さまや大叔父さまのこと。

充実していた。忙しかったし、ほんとうに終わるのか心配だったし、水上さんのことを思うと胸が苦しくなる。だが、こうして悠生さんと向かい合って話していると、なぜか落ち着いた。

電球の下で、煮物をつまみながら、ずっとこうしていられたら、と思った。

「弓子さん、少し痩せましたね」

悠生さんが言った。

「え、そうですか？」

自分では気がつかなかった。

「あまり食べてないでしょう？」

「そう……ですね。時間がもったいなくて……」

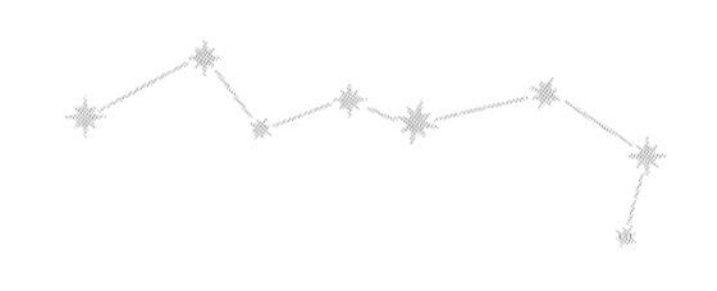

口ごもりながら答える。

「ダメですよ、ちゃんと食べて、ちゃんと眠らないと」

「わかってます、わたしが倒れたら、本ができなくなりますもんね」

「いや、そうじゃなくて……。水上さんの本のこと、三日月堂のこと、やらなければならないことはいろいろありますけど、それってすべてほんとはあなた自身が生きるためでしょう？　身体、大事にしないと」

耳が痛かった。

「だいたい、あなたはいつも人のことを考えすぎだ」

「そうでしょうか」

「それがいいところでもあるんだけど……」

悠生さんがあきれたように笑う。

「でも、不安なんです、いつも。大事にしていたものでも、いつなくなるかわからない。だから、ここにあるうちに、手が届くうちに、自分のできることをしないと、って思ってしまうんです」

そう答えると、悠生さんはじっとわたしの目を見た。

「いまも、不安なんです。水上さんの病状がいつ変わるかわからないし、ほんとに間に合わせられるのかいつも不安で……。でも、絶対に間に合わせたいんです。水上さんに見せたい。できあがった本を見せたいんです」

話すうちにほろほろ涙がこぼれていた。

「大丈夫ですよ」

悠生さんの声がした。

「印刷は僕がちゃんと終わらせます。しっかりしてください。あなたは三日月堂の主でしょう？　みんなを怒鳴りつけるくらいでないといけない。失敗しても、思う通りにいかなくても、それでもここで働いている人をちゃんと守る、そういう覚悟がないと、人を率いることはできませんよ」

悠生さんの言う通りだった。

「水上さんのことは神さまが決めることです。僕たちはいまできることをすればいい。それしかできない。大丈夫です。あなたはよくやっている。組版もきちんとできています。あとは僕がしっかり印刷します」

またじわっと涙が出そうになり、うつむいた。

「わかりました」

悠生さんのことが好きだ、と思った。

――あの人も、あなたのことが好きなんじゃないですか？　だからここの仕事を……あなたのことを手伝ってるんじゃないですか？

水上さんの言葉が耳奥で響く。

悠生さんはどう思っているのだろう。わからない。でも訊くのは怖かった。

終わってからにしよう。この仕事が終わったらきちんと訊こう。そう心に決めた。

7

お盆休みが終わり、楓さんが戻ってきた。悠生さんの印刷も続いている。ボランティアの人たちは仕事が終わって来なくなったので、元の三日月堂に戻った感じだ。

楓さんは三日月堂の通常業務をこなしながら、豊島さんたちとワークショップの相談もしている。水上さんから、浮草でワークショップをやらないか、という話があったのだそうだ。

浮草には小さなイベントスペースがある。立花ゼミの雑誌販売会を行った場所だ。本棚を移動してそのスペースを拡大し、ワークショップの会場として常設にしてもいいと言う。そうなれば、kuraや図書館とちがい、毎回荷物を運ばなくてすむ。

最近ではワークショップの申込者も増え、リピーターも多くなってきたらしい。一度きりのワークショップではなく、何度か通って少し複雑なものを作る教室がほしいという要望もあるそうだ。

豊島さんは進路を大学院に決め、この夏に試験を受けた。安西さんは就職希望だが、まだひとつも内定を取れていないらしい。ふたりとも浮草があるうちは浮草で働き、ワークショップも手伝いたい、と言っていた。


八月末日、最後の一台を刷り終えた。

今泉さんの装画の版もできあがってきて、金子さんのデザインと組み合わせて表紙も刷った。うつくしい雲の絵だった。

岩倉さん、水上さんといっしょに刷紙をながめた。みんななにも言わなかった。大きな紙の束を見つめながら、やり遂げたんだな、と思った。あとは製本するのみ。印刷された紙を製本業者に送り出した。

そのあと、kuraを貸し切り、本作りにかかわったメンバーで食事会を開いた。水上さん、岩倉さんと岩倉さんの会社の人、立花先生とボランティアの人たち、今泉さんと昌代さん。金子さんは近く結婚する予定の小穂さんを連れてきていた。それに悠生さん、三日月堂の三人娘、楓さん、豊島さん、安西さん。

水上さんは岩倉さんやボランティアの人たちに囲まれている。むかしのことを話しているようで、ときどき大きな笑い声がわきあがる。三人娘は金子さんや小穂さんたちと盛りあがり、悠生さんは今泉さん、昌代さんと話しこんでいる。

部屋の隅で、ひとりぼんやりその様子をながめていると、水上さんがやってきた。

「ちょっといいですか」

水上さんが、わたしの隣に座る。だいぶ痩せた、と思った。

「体調はいかがですか?」

「うん、まずまず。疲れやすいから店にはあまり出られないけど、なんとかやってます。ちゃんとごはんも食べていますよ」

得意げに笑う。目尻にぎゅっと皺が寄った。

「浮草の二階に大きな窓があるんですよ。そこが居間になっていてね、毎朝窓から空をながめる。雲がよく見えるんです。だから雲日記が書けた。守谷さんは住処と仕事だけじゃなく、雲もプレゼントしてくれたのかもしれません」

「そうかもしれませんね」

わたしも微笑んだ。

「弓子さん。今回はほんとにありがとう」

「いえ、わたしは仕事をしただけですから」

「仕事、か。そうですね。でも、仕事こそ、人の生きる道ですよ」

水上さんがしみじみと言う。

「豊島さん、安西さん、楓さん、みんないい子たちですね。しっかり考えて、自分の道を歩もうとしている」

水上さんが三人娘の方を見る。

「はい。わたしの方が教えられることも多いんですよ」

「いやいや、みんな、あなたのことを尊敬しているんですよ。浮草でもよく話していいます。弓子さんのようになりたい、って」

「そんな……まさか」

「あなたは気づいてないかもしれないけど、そうなんですよ。だから、あなたもがんばらないといけない。ちゃんと生きて、道を示してあげないとね」

「できるでしょうか」

「できますよ」

水上さんが、ははは、と笑った。

そんなことできるんだろうか。楽しそうに笑う三人娘を見る。

「それから……」

水上さんがちらりと悠生さんの方を見た。

「悠生さんのことはどうなりましたか？」

「まだ、どうにも……なってないです……これまではそれどころじゃなかったですし……この仕事が終わってからにしよう、って……」

しどろもどろになる。

「八木重吉の本は？」

「それもまだ……」

渡せていなかった。水上さんが、はあっと大きなため息をつく。

「弓子さん、あのときの約束のこと、覚えてますよね。わたしは、守ったよ。本を作ると決意した。今度はあなたの番でしょう？」

水上さんが目を細める。

「でも……そういうことを交換条件にしてはいけない、って……」

「冗談ですよ。でも、ちゃんと決めてくださいね。交換条件なんかじゃなくて、ちゃんと自分で。自分の人生なんですから」

「わかってます」

そう答えたものの、こっちはますます自信がない。

「じゃあね、がんばってください。わたしもがんばりますよ」

水上さんが笑った。

「いまでも、思うんですよ。もしかして、奇跡が起こって、病気が治るかもしれない。治らないまでも、医者に言われたのよりずっと長く生きられるかもしれない。そうしたら、あのときの医者にざまあみろ、って言ってやりたいなあ、なんて」

水上さんの手は痩せて、皮膚が透けるようだ。胸が詰まる。だが、水上さんといっしょに声に出して笑った。

「理屈ではそんなことないってわかっているつもりだけど、すがってしまう。人は愚かですね。でも、それでいい。みんな、いつか死ぬ。人間はそれを知ったうえで生きている。ほんとうに賢かったら、生きるのをやめてしまうでしょう」

どう答えたらいいか、わからない。みんな、いつか死ぬ、という言葉を胸のなかで転がしていた。

「大丈夫。本ができるまでは意地でも生きますから」

水上さんが笑う。わたしも笑った。

食事が終わると、水上さんは疲れたらしく、岩倉さんに連れられて帰っていった。ほかの人たちはその後もまだしばらくkuraに残って話していた。

一時間ほどしてお開きになったが、立花先生とボランティアの人たちは場所を変え、自分たちだけでもう少し飲むと言う。岩倉さんの会社の人と三人娘は駅に向かい、金子さんと小穂さん、今泉さんと昌代さんもそれぞれに帰っていった。

印刷機の手入れを残しているので、悠生さんとわたしは一度三日月堂に戻らなければならない。大正浪漫夢通りを抜け、一番街の方に歩き出す。

「なんとか終わりましたね」

悠生さんがつぶやく。

「そうですね。なんとか終わりました」

わたしはほっと息をついた。

「最後の方は正直あせりましたよ。途中でかっこいいこと言っちゃったけど、ほんとに終わらせられるのかな、って。いまだから言いますけど、正直、何度か大叔父に来てもらおうかと思いました」

「そうなんですか」

わたしは笑った。たしかに最後の方は一日じゅうほとんど休みもなく、ただ印刷機に向き合っていた。ならしがじゅうぶんでなかったり、印圧の調整がうまくいかなかったりすると、ふたりでぶつかって言い争いになったこともあった。

「切羽詰まってましたよね、わたしたち」

「そうですね」

ふたりでくすくす笑った。

「久しぶりだから、もうちょっと歩きませんか」

悠生さんが言った。

「もうお店はあまり開いてないと思いますけど」

「いえ、それはいいですよ。いまは外を歩きたい」

ふたりで灯が消えて暗くなった一番街を歩く。

「昼間はにぎやかだけど、夜は変わりますね」

「そうですね。観光地にはなったけど、泊まる人はあまりいないので」

一番街にはコンビニのように一晩じゅう煌々としている店はない。夜じゅうあかるいショーウィンドウもない。夜になるとどの店も扉を閉め、照明を落とし、店頭の白い電球ひとつだけになる。

「でも、僕はこの暗い時間の方が好きだなあ。昼間見えなかったものが浮きあがってくる感じがして」

「わかります。昼間はにぎやかで、外ばかり見ているけど、夜になると我にかえる。ひっそりして、しずかで、ああ、これがほんとなのかもしれない、って」

夜ひとりで版を組んでいたときのことを思い出す。ひとりで活字の銀河に浮かび、たゆたっている。それが自分の本質のような気がした。

「盛岡の街も夜は暗くなりますよ。この前行った鉈屋町のあたりはもちろん、ほんとの中心街以外は暗いです。東京みたいな大都市だけですよ、夜中も昼みたいにあかるいのは。にぎやかですごいな、とは思うけど、人には闇も必要ですよね」

鉈屋町。夕暮れまでの少しの時間だったけど、あの風景は心のなかに焼きついている。

いつのまにか札の辻に出ていた。左に曲がり、高澤橋の方に進む。このまままっすぐ行って橋を渡れば浮草がある。

——あのときの約束のこと、覚えてますよね。わたしは、守ったよ。本を作ると決意した。今度はあなたの番でしょう？

水上さんの顔が浮かんでくる。その顔が、いましかないよ、とウィンクする。

でも……。どう切り出したらいいのか、わからない。

「悠生さんは、いつか盛岡に戻るんでしょうか」

「えっ?」

悠生さんが驚いたようにこっちを見た。

「ええ、それは……。会社の事情で言うと、僕が埼玉支社にいるのは新型機の様子見のためなので、戻される可能性はじゅうぶんにあります。これぱっかりは会社が決めることなのでなんとも言えないですね。でも、来年の春までは大きな異動はないと思いますし……。どうしてですか?」

「いえ、あの、実は、水上さんが岩倉さんに、今後も活版印刷で本を作り続けたらどうか、って話をしていて……。それで、そのときは印刷を請け負ってもらえないか、って……。でも、岩倉さんもお仕事でしていることなので、今回の本の様子を見て、ちゃんと採算が取れるか考えてからのことですから……」

混乱して、要領を得ない説明になってしまった。

「へえ、そんな話が……。実現したら面白いですね」

悠生さんがうれしそうに言って、夜空を見あげた。

「そのためには平台が必要で、それまでにわたしもちゃんと動かせるようになりた

いですけど、でも、わたしは……」

うつむき、口ごもる。

「悠生さんがいっしょにいてくれたら、って……」

じっと足元を見た。悠生さんが立ち止まるのがわかった。

「あの、いえ、悠生さんが東京にいるあいだ、ってことですけど」

あわてて顔をあげ、悠生さんを見た。

「弓子さん、僕も考えてたんです」

悠生さんがじっとわたしを見た。

「僕も三日月堂で働きたい。いっしょにやりませんか」

「いっしょに……?」

「そうです。僕が本町印刷を辞めて、三日月堂をいっしょに経営する、ってことです。弓子さんがよければ、ですけど」

驚いて、言葉を失った。

「あの……でも、いまの三日月堂では……本町印刷のような給料はとても払えません。収入も不安定だし……」

途切れ途切れに答える。

「ええ。だから、いますぐじゃない。これから時間をかけて、三日月堂の経営についてしっかり考え、整えます。星座早見盤の仕事で、本町印刷も三日月堂の仕事は評価しています。いまは印刷のあり方も多様化しているし、活版を求める人も増えてきた。本町印刷に活版部門を復活させることはできないけれど、三日月堂と提携するというあり方も視野に入れているようです」

「でも、そこまでの仕事を請けられるかどうかは、まだ……」

「もちろんです。だからいっしょにやるんです」

悠生さんは空をあおぎ見て、高澤橋の方に目を向けた。

「たとえ給料が減ったって、僕はいい。たった一度の人生なんだから、悔いのないように生きたい。今回思ったんです。僕も活版印刷で本を作りたいんだ、って。それだけじゃやっていけないのはわかっているけど、雲日記の言葉を読んで、これこそ僕が刻みたかったものだと感じた」

「わたしもです。活版印刷のうつくしさを広めたい。だけどそれだけじゃない。人が複雑に織り上げた言葉を届けるために活字を使いたい。活字がかつてそうやって使われていた、そのことを伝えたい」

「それともうひとつ」

悠生さんはそう言うと、一度大きく息を吸った。

「僕は、あなたと生きていきたい」

えっ、と声をあげそうになる。

薄い雲が流れてゆく。黒い空にあかるい月。その前を雲が横切って、うしろから月に照らされ、透けている。

「わたしもです。わたしも同じ気持ちです」

うつむいて、言った。声がふるえているのがわかる。

ダメじゃないか。水上さんと約束して、わたしから言うはずだったのに、悠生さんに言われてしまった。度胸がないって水上さんに笑われるだろうか。

やった、と悠生さんの小さな声がした。はっと顔をあげ、悠生さんを見る。

「やったぞ、願いがかなった。水上さん、ありがとう」

川の向こうに何度も頭をさげる。

「ありがとう、って、どうして……？」

「さっき、別れ際に水上さんに言われたんですよ、弓子さんに想いを届けろって。大丈夫、今日ならかなう、わたしが魔法をかけておいたから、って。高澤橋の近くで告げれば、絶対にかなうはずだって」

嘘？　やられた。

水上さん、これはずるいよ。橋の向こうをながめる。ここに来ればわたしは絶対に水上さんを思い出す。悠生さんに打ち明けなければ、と思う。

悠生さんが橋に向かって走っていく。手を振りあげ、踊るように跳びあがる。

ここだったんですよね、水上さんが守谷さんに出会ったのは。

魔法……。たしかに魔法だ。わたしはうつむいて、くすくす笑った。


十月の初め、予定通り本ができあがった。

水上さんは本の完成を喜び、この本を持ってホスピスに行く、と言った。ヘルパーと訪問看護師に来てもらっているようだが、階段ののぼりおりもままならなくなり、ひとりで暮らすのはむずかしくなったらしい。

もうあの窓がなくても、この本があるから。そう言って、本を胸に抱えた。

悠生さんとのことを話すと、喜んでくれた。魔法をかけられていたとは知りませんでした、と文句を言うと、まあ、それはね、でも、すごい魔法だったでしょ、と笑った。

「浮草はね、岩倉の会社に遺すことにした。浮草を続けてほしいと頼んだ。浮草の

名前を残し、運営は豊島さんと安西さんにまかせてほしい、って」

「彼女たちに？」

「まっすぐな子たちだからね。彼女たちの生きる道を作ってやりたい。岩倉は承諾してくれたよ」

「よかったですね」

「もうひとつ条件をつけた。あなたにもあの場所を半分使ってもらいたいんだ」

「どういう意味ですか？」

「彼女たちから聞いているでしょう？　浮草の半分を活版印刷のワークショップ・スペースにしてほしい。古書店＋活版印刷のワークショップ・スペース。場所、探していたんでしょう？」

「いいんですか」

「もちろんだよ。これはわたしが遺していく夢だ。みんなでかなえてほしい」

「わかりました」

「あのふたりは若いから、経営となるとむずかしいかもしれない。でも、基本はちゃんと教えたよ。慣れるまでは新しい本を買わず、いまあるものを売っていけ、って」

水上さんが店内を見まわす。

少なくなった本を車に積んで去っていく水上さんの夢を思い出した。

本というものも、向こうまでは持っていけないのだろう。

「もうこともお別れだな。戻ることはない」

目を閉じ、息をつく。

「ここから先はひとりの道だ。正直に言うと、少し怖い。でも、ありがとう。ほんとうに、ありがとう」

水上さんは雲日記を見おろした。

「悠生さんともうまくやるんだよ。なにがあっても、失敗しても、すべて失ったと思っても、おたがいに手を離さなければ、きっといっしょに生きていけるから」

涙の溜まった目で、じっとわたしを見る。

「わかりました」

うなずき、微笑む。水上さんも少し笑った。


十一月の終わり、水上さんは亡くなった。

十一月のはじめまではひとりで歩くこともでき、ホスピスに見舞いに行くと、いっしょに手土産の果物を食べることもできた。医者からクリスマスやお正月も迎えられるかも、と言われたようだが、下旬から急に容態が悪化した。

あっという間に意識が戻らなくなり、そのまま消えるように亡くなった。お葬式は岩倉さんが喪主になり、ひっそりと行われた。焼き場でのぼっていく煙を見ながら、水上さんは海に着いただろうか、と思った。

水上さんが亡くなったあと、雲日記をときどき読み返している。水上さんがいるときはわからなかったことが、くりかえし読むことで見えてくる気がした。

言葉の端々に、奥さんや息子さんの姿が見える。川沿いの桜、氷川神社、入間川の土手。風景が生き生きと浮かびあがり、見たことのない、いまはもういない家族の姿が、光のようにきらきらと踊り出す。

本とは不思議なものだ。思いが綴られているのに、手紙のように決まった相手に送るのではない。たくさん刷って、ただたよりなくおずおずと世界に差し出される。正しい宛先はない。どこに着いたら正解ということもない。そのまま消えてしまうかもしれないし、知らないだれかの心に住み着くこともある。

宛先のない魂のかけら。強い思いや欲望のかけら。それが本という形になり、世界に飛んでいく。たんぽぽの綿毛のように。

ハルさんの呼びかけで、雲日記は川越のあちこちの店に置かれている。雑誌の書評にも取りあげられたらしく、全国でも扱ってくれる書店が増え、もしかしたら増刷をかけられるかも、と岩倉さんが言っていた。

活版印刷であることも話題を呼ぶ一因になっているらしく、岩倉さんは活版印刷の本のレーベルを検討しはじめたらしい。雲日記を読んだ聡子さんも、いつか母の歌集を活版印刷で本にできたら、と言ってくれている。

浮草に印刷機材を運んでワークショップ・スペースとして活用する準備もはじめた。安西さんが店長となり、大学卒業後もそのまま働く。豊島さんは試験に合格、大学院に通いながら、浮草の経営を手伝うことになった。

本町印刷をからめ、三日月堂の今後の運営について、悠生さんと何度も話し合いを重ねている。少しずつ話が進み、悠生さんは本町印刷を辞め、春から三日月堂で働くことになった。

八木重吉の詩集は、結局ふたりのものとして三日月堂に置いてある。

悠生さんと楓さんといっしょに三日月堂を続けていく。そう心に決めて、挨拶状を作ることにした。悠生さんとわたしの名前を連ねた挨拶状を、これまでお世話になった人に送るのだ。

ここに戻ってきて三日月堂をはじめたときは、挨拶状なんて作らなかった。送る相手もいなかったし、ずっと続けられるなんて思ってもいなかったから。わたしには三日月堂しかなかった。だからただ必死でつかまっていただけ。

だけど、いまはちがう。できるかぎりずっとこの仕事を続けたい、続けようと思う。この町で印刷を続ける。曽祖父や祖父母、会ったことのない職人さんたち、ここを訪れたお客さまたち。父と母。もういない人たちの気配が残るこの街で。

あたたかくなり、もうすぐ桜が咲く。桜が咲いたら新河岸川沿いの道を歩こう。

高澤橋の魔法は思い出すたびに悔しいけれど、見事だった。

わたしが組んだ挨拶状を、悠生さんが刷っている。

ごおおんという音が響いて、三日月堂にも春が来ている。

取材、扉写真撮影にあたり、九ポ堂の酒井草平さん、葵さん、つるぎ堂の多田陽平さん、knotenの岡城直子さん、中野活版印刷店の中野好雄さんはじめ、印刷に携わる方々より多大なお力添えをいただきました。印刷博物館の木谷正人さん、中西保仁さん、義家和彦さん、山田和美さんからは印刷の歴史に関する貴重なお話をうかがいました。川越取材の折には、櫻井印刷の櫻井理恵さん、川越氷川神社宮司の山田禎久さんはじめ町の方々とお話しすることで、町の歴史やそこに暮らす人々の思いに触れることができました。心よりお礼申し上げます。

特装版
活版印刷三日月堂
雲の日記帳

2020年4月　第1刷発行

著　者　ほしおさなえ
発行者　千葉均
編　集　森潤也
発行所　株式会社ポプラ社
〒102-8519
東京都千代田区麹町4-2-6
電話　03-5877-8109（営業）
03-5877-8108（編集）
ホームページ　www.poplar.co.jp
印刷・製本　中央精版印刷株式会社
装　画　中村至宏
ブックデザイン　斎藤伸二（ポプラ社デザイン室）

N.D.C.913/335p/20cm
ISBN 978-4-591-16568-3

P4157004

本書は2018年8月にポプラ社より刊行されたポプラ文庫『活版印刷三日月堂　雲の日記帳』を特装版にしたものです。